DANSER AU BORD DE L'ABÎME

Né en 1960 à Valenciennes, Grégoire Delacourt est publicitaire. On lui doit notamment de fameuses campagnes pour Cœur de Lion, EDF, Lutti, Apple ou encore Sephora. Son premier roman, *L'Écrivain de la famille*, a été récompensé par cinq prix littéraires dont le prix Marcel Pagnol. *La Liste de mes envies*, best-seller international publié et traduit dans plus de trente pays, a été mis en scène au théâtre en 2013 et a fait l'objet d'une adaptation cinématographique en 2014 avec Mathilde Seigner et Marc Lavoine dans les rôles-titres.

Paru au Livre de Poche :

L'ÉCRIVAIN DE LA FAMILLE

LA LISTE DE MES ENVIES

ON NE VOYAIT QUE LE BONHEUR

LA PREMIÈRE CHOSE QU'ON REGARDE

LES QUATRE SAISONS DE L'ÉTÉ

GRÉGOIRE DELACOURT

Danser au bord de l'abîme

ROMAN

JC LATTÈS

ISBN : 978-2-253-07138-9 – 1re publication LGF

Pour *la fille assise sur la voiture* – j'ai découvert qu'elle savait aussi relier les gens.

« J'écris pour me parcourir. »

Henri Michaux, *Passages.*

PREMIÈRE PARTIE

Brasserie André

72

— Je répondrai oui.

— Alors je vais essayer de ne pas me tromper de question.

71

Je me souviens de cette ivresse, soudain, du ravissement général, des vieux sapins qui n'avaient rien vu d'aussi joli. Je me souviens qu'on la reçut comme une petite reine. Les châtaigniers se baissaient jusqu'à terre pour la caresser du bout de leurs branches. Les genêts d'or s'ouvraient sur son passage, et sentaient bon tant qu'ils pouvaient. Je me souviens que toute la montagne lui faisait fête et que, plus tard, s'avançant au bord d'un plateau, une fleur de cytise aux dents, elle avait aperçu en bas, tout en bas dans la plaine, la maison de M. Seguin avec le clos derrière, que cela l'avait fait rire aux larmes et qu'elle s'était exclamée : Que c'est petit ! comment ai-je pu tenir là-dedans ?

À moitié soûle, elle se vautrait dans l'herbe les jambes en l'air, elle roulait le long des talus, pêle-mêle avec les feuilles tombées et les châtaignes. Puis, tout à coup, elle se redressait d'un bond sur ses pattes. Hop ! La voilà partie, la tête en avant, à travers les maquis et les buissières, tantôt sur un pic, tantôt au fond d'un ravin, là-haut, en bas, partout.

On aurait dit qu'il y avait dix chèvres de M. Seguin dans la montagne, et je rêvais alors d'en être une, de connaître moi-même les grandes campanules bleues, les digitales de pourpre à longs calices, toute cette forêt de fleurs sauvages débordant de sucs capiteux.

Et lorsque ma mère, rarement mon père, me lisait l'histoire cruelle, je pleurais non pas à cause du loup, énorme, immobile, mais à cause du vent qui fraîchissait soudain.

À cause de la montagne qui devenait violette, du soir qui tombait.

À cause de l'adverbe tragique que prononçait alors Blanquette, l'adverbe qui avouait toute l'impossibilité de nos désirs, l'illusion de nos éternelles béatitudes : *déjà*.

J'avais sept ans et je savais que c'était *déjà* fini ; qu'effleurées, touchées, à peine goûtées, les choses s'estompaient *déjà*, qu'il n'en restait plus qu'un souvenir, une promesse triste.

Près de trente-trois ans plus tard, comme la petite chèvre de Daudet, j'avais espéré tenir, au moins jusqu'à l'aube.

70

Jusqu'ici, mes aubes avaient eu la tiédeur des caresses – du soleil parfois, ou des mains de mon mari, de mon sexe humide, un sous-bois, ses lointaines odeurs de terre.

Mes aubes s'étaient parfois éveillées aux rires de nos enfants, certains dimanches de printemps, à leurs cris lorsqu'il avait neigé dehors et qu'ils ne voulaient pas aller à l'école, préférant se rouler dans le blanc, lâcher prise, tomber dans le froid mouillé, faire le plus grand bonhomme de neige du monde.

Jusqu'ici, mes aubes avaient été les petits cailloux d'une vie bien ordonnée, d'une promesse ancienne, celle de suivre des chemins tracés par d'autres qui croyaient aux trajectoires parfaites ou, à défaut, aux mensonges vertueux. Mes aubes prochaines s'annonçaient venteuses.

Et l'une d'elles, bouleversante.

69

Si je devais, en quelques mots, comme devant un tribunal ou un médecin, résumer ce que j'ai ressenti au tout début, je dirais urgence, vertige, abîme, jouissance, et j'ajouterais douleur.

Douleur, d'une certaine manière.

Et pour la fin, pour l'aube désastreuse et belle, je dirais paix, je dirais soulagement, je dirais vanité aussi, envol, liberté, joie, je dirais désir fou, comme on dit amour fou.

Oui. Désir fou, avant tout.

68

Bondues.

Nous habitions une vaste maison blanche sur le golf de Bondues, à quatorze kilomètres de Lille. Aucune barrière, aucune clôture ne séparait les différentes propriétés ; c'est sans doute ce qui fit répondre non à mon mari lorsque nos trois enfants réclamèrent un chien – deux voix pour un labrador beige, une pour un braque de Weimar bleu –, en promettant de s'en occuper tous les jours, on le jure ! On le jure ! Non – puisque la bestiole risquerait, à l'évidence, de se sauver.

Léa, la plus jeune de nos filles, en larmes, avait suggéré qu'on l'attachât dehors.

Je lui avais alors parlé de Blanquette, avec ses yeux doux, sa barbiche de sous-officier, ses sabots noirs et luisants, ses cornes zébrées et ses longs poils blancs qui lui faisaient une houppelande, la jolie chèvre qui avait été enfermée dans l'étable toute noire, mais qui s'était échappée par la fenêtre restée ouverte. Léa avait haussé les épaules, poussé un petit soupir tragique, *déjà*, et lâché : mais si on l'aime, il n'y a aucune raison pour qu'il se sauve.

Mon mari ne m'avait ni attachée ni enfermée, et pourtant, j'allais m'échapper.

Et pourtant, j'aimais le confort amical de notre maison. Les airs d'opéra qu'on y écoutait. Le souffle du vent qui apportait parfois des grains de sable des bunkers, et le parfum délicat de l'herbe moussue des greens. J'aimais notre vieux pommier, dehors, et ses branches basses, comme une politesse. Les senteurs de notre cuisine, et même celles des casseroles carbonisées par les filles qui faisaient régulièrement du caramel brûlé. J'aimais l'odeur de mon mari, rassurante et chaude. Ses regards flous sur ma bouche, sur mes seins, la façon dont il m'aimait – polie, prévenante, honnête et sincère, malgré les hauts et les bas. J'avais aimé son courage lorsqu'il était tombé malade, admiré son absence de colère, et, dans cette violente odyssée, apprécié mes forces insoupçonnées.

J'aimais nos deux filles et notre fils, et surtout l'idée que je pouvais tuer pour eux, arracher avec mes dents sa viande à une bête vivante s'ils mouraient de faim, affronter n'importe quelles ténèbres pour qu'ils n'aient plus peur.

J'aimais ma mère finalement, malgré ses œillères et son élégante dépression. La façon dont elle pinçait le bras de mes enfants chaque fois qu'elle les voyait, pour s'assurer qu'ils étaient vrais. J'aimais aller chaque jour au magasin, découvrir les sourires béats de mes clientes lorsque mes mains travaillaient les paquets-cadeaux et frisaient le ruban de satin avec les ciseaux. J'aimais aussi la fierté de mon mari lorsqu'il rentrait toutes les six semaines avec une nouvelle voiture – son air alors de sale gosse. La balade dans laquelle il nous entraînait ensuite, qui nous conduisait parfois jusqu'à la mer, vers Wimereux, Boulogne, Fécamp. Les rêves de voyages que nous y faisions tous les cinq. J'aimais les bateaux et les cartes marines que nos enfants traçaient dans le sable, avec de longs bâtons vermoulus. Les mers qu'ils dessinaient nous menaient dans des îles où ne bruissait nul tumulte du monde, où n'avilissait nul doute, où nul nouveau désir ne venait détruire le bonheur présent.

J'aimais ma vie.

J'étais l'une de ces femmes heureuses.

67

Je tente d'expliquer, à défaut de chercher à être pardonnée.

Je vais essayer, au fil de mon histoire, de rendre sa grâce à la banalité d'une vie.

66

Pas tout à fait la quarantaine. Jolie, sans être renversante – bien qu'un garçon, alors que j'avais dix-neuf ans et une courte robe jaune, se fût emplafonné avec son scooter dans un camion de livraison, parce qu'il me regardait.

Un mariage sérieux, depuis dix-huit ans.

Quelques colères, comme chez tous nos amis. Deux, trois assiettes brisées. Quelques nuits sur le canapé du salon. Des retrouvailles avec bouquet de fleurs, mots tendres enrobés de douceur, comme dans la chanson.

Des joies immenses, sidérales – la naissance de nos enfants, leur enfance paisible, sans morsure enragée de labrador beige ou de braque bleu, une jeunesse sans saccage notoire, à part, pour chacun de nous, l'effondrement, lorsque mon mari était rentré la tête dégarnie après quelques semaines d'hôpital.

Léa avait aussitôt couru dans sa chambre chercher des feutres marron, noirs et gris, et avait dessiné des cheveux, un par un, sur le crâne de son papa.

Les rires étaient revenus.

À cette époque-là, je travaillais dans un petit magasin de vêtements, situé dans le Vieux-Lille, pour enfants de zéro à douze ans – passé cet âge, c'est fini, les mères ne peuvent plus rien, les gamins savent tout. Mon mari Olivier, lui, dirigeait un très grand magasin à Villeneuve-d'Ascq, pour enfants de dix-huit à quatre-vingt-dix-huit ans : une importante concession BMW.

Nous roulions alors dans une sorte de voiture de course électrique. Il était très fier. Seulement cinq litres au cent, tu te rends compte ? (Non.) Trois cent soixante-deux chevaux ! (Vraiment ?) Zéro à cent en quatre secondes quatre ! (Je suis sans voix, chéri.) On l'interrogeait sur ce modèle aux feux rouges, dans les parkings. Il proposait un essai. Les gens promettaient de venir, des étoiles dans les yeux.

C'était un commercial doué. Brillant.

Il m'avait convaincue que j'étais la femme de sa vie, alors que j'en fréquentais un autre. Son meilleur ami, en fait.

Ils l'étaient restés.

Je me souviens d'un mariage où nous étions invités, à Berru, près de Reims. Lors du dîner, la mariée était tombée amoureuse du petit copain d'une des demoiselles d'honneur. Ils avaient disparu dans la nuit, en moto. On ne les avait jamais revus.

Cette fuite m'avait troublée, longtemps fait rêver.

Plus tard, il m'avait convaincue que j'étais chaque jour plus belle, malgré les années qui passaient, la peau qui se relâchait, l'inefficacité des sérums anti-âge. S'il l'avait voulu, il serait très facilement parvenu à me vendre une auto dont je n'avais nul besoin.

Mais j'avais prévu de partir à pied, le jour venu.

65

Claude Sautet.

J'ai toujours adoré ses films. Son humanité féminine. Les trajectoires de sa caméra – que l'on suit comme les effluves d'un parfum de femme, ou l'ivresse d'un alcool d'homme, le long d'un zinc de café, dans une brasserie enfumée, brouillardeuse.

Elles mènent à la joie, au désir neuf, bouleversant. Elles captent ces regards qui en disent long sur l'immense faim des femmes, sur l'urgence des corps. Elles donnent à voir les mains qui allument des cigarettes avec une sensualité troublante, presque un désespoir, les peaux qui s'effleurent, électriques, gourmandes, jamais repues, les bras qui s'ouvrent, les corps qui s'élancent, plongent, refont surface, heureux, épuisés parfois.

Elles frôlent les lèvres écrasées de rouge, des morsures, les sourires, les rires forts comme des épaules d'homme, toute cette vie tapageuse et virtuose, dans le fracas des couverts claquant sur la porcelaine des assiettes, des pichets de vin au verre grossier cognant sur la table, avec, en bruit de fond, les notes d'un flipper, évoquant l'arythmie d'un cœur, ou celles d'un juke-box – Hurricane Smith, Billy Paul ou Led Zeppelin et Philippe Sarde.

C'est là, dans un décor semblable à un film de Sautet, dans le coup de feu d'une brasserie à l'heure du déjeuner, dans le bruit de la vaisselle, le brouhaha des conversations, que ma vie a basculé.

Là que j'ai vu cet homme.

Personne, pas même ceux qui nous connaissaient, n'aurait alors pu deviner que j'allais modifier définitivement le cours de sa vie, pas plus qu'on n'aurait pu prédire qu'il allait faire dérailler la mienne.

Le visage d'un homme qui ignore qu'une femme le regarde, le convoite presque, est parfois bouleversant.

Il n'est alors pas dans un *genre*, ou une posture – séduction, représentation, douceur, menace –, mais au cœur même de sa sincérité, de sa nudité, probablement d'une certaine innocence.

Ce visage nu, sincère, que découvrait une serviette de coton blanc, m'a troublée au plus haut point, m'a extraite pour un instant de la quiétude de ma vie heureuse, de son confort rassurant, et m'a approchée au plus près d'un feu nouveau.

L'étincelle même du désir.

64

J'y suis – de nouveau.

Il pose sa fourchette d'argent, manche lourd, cabossé, il essuie délicatement sa bouche avec la serviette de coton blanc damassé, avant de boire une gorgée d'eau.

Je vois d'abord sa bouche. Ses lèvres. Puis la fossette qui creuse sa joue. Mes yeux longent sa fossette, un sillon qui mène aux siens. Ses yeux sont lumineux et clairs, encadrés de cils noirs, très fournis. Presque un sortilège.

Il se met soudain à rire avec ses amis. Je n'entends pas son rire parce qu'il est éloigné de moi, je vois juste cette joie qui affleure, qui embellit le monde, et une décharge électrique jaillit, imprévisible, dans le bas de mon ventre, me brûle, m'ouvre, et le froid et le vent et les tempêtes s'engouffrent dans mon invisible, mon insoupçonnable faille.

Tout en moi tremble et s'affole.

Je vais vaciller.

Il me semble que mes doigts s'enfoncent dans le bois du bar pour m'éviter la chute.

Mes premières émotions d'adolescente refont surface, suffocantes, décuplées par mon appétit de femme, ma connaissance des vertiges.

Je me sens mal.

Je me sens atteinte – et aujourd'hui encore, alors que tout cela a eu lieu, que mon corps et mon âme, depuis, se sont embrasés pour ne plus jamais s'éteindre, le souvenir de cette irrépressible bouffée de désir reste la chose la plus poignante de ma vie.

Il ne m'avait même pas vue ce jour-là.

Ce premier jour.

Il était parti avec ses amis, sans prendre le temps d'un café. Ils avaient partagé l'addition. Il avait crié « À demain », et le lendemain, j'étais revenue.

Brasserie André. 71, rue de Béthune.

63

Ce genre d'homme qui fait tout quitter à une femme.

62

Je transcris ici l'enchaînement des faits tel qu'il s'est déroulé. Je ne commenterai pas l'irrépressibilité de mon désir – elle est sans doute à chercher du côté du sacré.

Je veux juste essayer de démonter la mécanique du désastre. De comprendre pourquoi, plus tard, j'ai incisé à jamais le cœur de ceux que j'aimais.

61

Je crois que l'on *trébuche* amoureux à cause d'une part de vide en soi. Un espace imperceptible. Une faim jamais comblée.

C'est l'apparition fortuite, parfois charmante, parfois brutale, d'une promesse de satiété qui réveille la béance, qui éclaire nos manques et remet en cause les choses considérées comme acquises et immuables – mariage, fidélité, maternités –, cette apparition inattendue, presque mystique, qui nous révèle aussitôt à nous-mêmes, nous effraie tout autant, nous fait pousser les ailes pour le vide, qui attise notre appétit, notre urgence à vivre, parce que si nous supposions que rien ne dure jamais, nous en avons alors soudain la certitude, tout comme celle qu'il n'est aucun souvenir que nous emporterons, aucune caresse, aucun goût de peau, aucune saveur de sang, aucun sourire, aucun mot cru, aucune indécence, aucun avilissement : nous découvrons brusquement que le présent est la seule éternité possible.

C'est la myopie de mon mari, par conséquent son regard extrêmement doux, bienveillant, qui m'avait nourrie, au début, qui m'avait remplie, embellie.

C'est la façon dont cet homme, dans une brasserie lilloise, a essuyé ses lèvres avec une serviette blanche, méticuleusement, la manière dont la serviette a glissé, sensuelle, comme un drap qui tombe, dévoilant sa bouche, une gariguette juteuse, qui m'ont fait prendre conscience de mon degré de faim.

60

Je ne voulais pas d'un amant. Je voulais un vertige.

59

Le lendemain, je suis retournée rue de Béthune.

J'avais pourtant hésité avant d'entrer dans la brasserie, failli renoncer. J'étais alors une femme mariée, une mère comblée ; j'étais encore une femme aimée, une femme fidèle – pourquoi m'exposer à un inconnu, chercher à être vue de lui. Pourquoi ces picotements dans mes doigts. Au bout de mes seins.

Ma mère avait des mots sévères pour ce genre de femmes. Elle disait « une moins que rien ». Elle disait

« une dépravée ». « Une pierreuse » – parce que « putain » est un mot sale.

Je suis entrée. Malgré les anathèmes. Malgré les crachats.

Je l'ai tout de suite repéré, au-delà des clients bruyants, des retrouvailles discrètes, des serveurs mécaniques qui possèdent ce don odieux d'être aveugles chaque fois que l'on a besoin d'eux.

Cette fois-ci, il était seul et nos regards se sont croisés.

Le sien, plutôt par accident, d'ailleurs, par méfiance – comme lorsqu'on se sent observé. Quelque chose d'animal.

Puis il s'est adouci quand il a vu mon visage et perçu l'absence de menace, quand il a compris mon trouble.

J'ai aussitôt baissé les yeux, et il m'a semblé que mes joues avaient rosi.

Un rose d'aveu, déjà.

Lorsque j'ai à nouveau cherché à croiser son regard, je crois qu'il souriait, mais je n'en suis plus sûre aujourd'hui – c'est peut-être un peu plus tard qu'il a souri, lorsque j'ai remis en place une mèche de cheveux pour dégager mon visage, de la même façon qu'on entrouvre une robe pour dévoiler la pâleur d'une peau, une douceur, tracer un sillage.

Il y eut soudain quelque chose de félin entre nous. De souple, de fluide.

Nos regards jouaient – on aurait dit qu'ils suivaient une balle invisible : ils se posaient toujours juste à côté de là où on les attendait, comme un frisson, sur l'épaule, dans le cou, sur le front, l'oreille, la joue, pas encore la bouche, pas encore la main, puis la balle rebondissait sur des endroits plus précis, le lobe d'une oreille, l'ourlet d'une narine, le *bosphore d'Almasy*, et enfin les lèvres, et enfin les doigts, et les siens étaient fins et longs, et j'ai eu chaud, et je suppose qu'il a eu chaud aussi, mes yeux se sont alors posés à nouveau sur sa bouche qu'il avait si délicatement essuyée la veille, s'y sont installés comme une tête au creux d'un bras, se sont posés sur la fraise juteuse, gorgée d'un sang épais, brûlant, et j'ai eu envie de la mordre, cette fraise, envie de boire ce sang, envie d'éclaboussures, de marques, de cicatrices, j'ai eu envie d'embrasser sa bouche, pas lui encore, pas l'homme déjà, juste dévorer sa bouche.

Je n'aurais jamais pu imaginer ce qui nous est arrivé depuis – personne ne l'aurait pu.

Après cela, il ne m'a plus regardée.

Il a fini son plat en souriant. Il a bu quelques gorgées de vin, puis a demandé un expresso serré, toujours en souriant – il a dit *espresso*, comme un Italien. Et son sourire fut son premier mot, et j'ai alors été une femme désirée.

Saccagée.

C'est ce silence troublant qui m'a d'abord envahie, puis comblée. J'ai aimé cette suspension. Ce vide. J'ai aimé un instant n'être plus rien – rien d'autre qu'une femme assise au bar, devant sa tasse de thé, devant une part de tarte du jour inentamée. J'ai aimé qu'il ne se lève pas, ne s'approche pas de moi, ne prononce pas des premiers mots banals, usés à la corde, un café, c'est gentil merci bien, en fait non merci, je bois du thé, je ne prends pas de sucre, je fais attention à ma ligne, aimez-vous Brahms ?, vous me rappelez quelqu'un. Parce que parfois les premiers mots qui font chavirer sont brutaux, impatients et beaux, j'aimerais faire l'amour avec vous, j'aimerais boire à votre ventre, j'aimerais m'enfuir avec vous, vous dévorer, mais on ne les prononce pas, ils sont tapis dans le silence, écrits dans ce regard qui ne se pose plus sur vous et qui pourtant vous devine mieux que tout, mieux que vous-même, ce regard absent qui vous voit, vous connaît déjà, intimement – c'est une sensation presque douloureuse.

C'est très exactement dans ce temps où il ne m'a plus regardée, où ses yeux ne m'ont plus parlé et où je suis redevenue juste une possibilité, juste une femme parmi les autres, que j'ai su que je me donnerais à lui s'il me le demandait, que je me rendrais comme une vaincue, et que je le laisserais conquérir mes ombres, et nous perdre tous deux dans son désir.

Alors je me suis levée, je suis sortie, je n'ai pas senti son regard sur mon dos, sur ma nuque, sur mes fesses, je n'ai ressenti aucune brûlure, je ne me suis pas retournée – et j'ai souri pour moi-même, comme il devait sans doute le faire de son côté, au même moment, devant son *espresso* serré, l'anse de la petite tasse épaisse et chaude entre ses longs doigts fins dont je rêvais qu'ils se posent sur mon cou, et l'enserrent, doucement, jusqu'à mon ravissement.

Mon étourdissement.

Ma perte.

Dehors, j'ai marché comme une ivrogne, tiraillée entre l'envie de courir, de m'enfuir, l'envie de tendre les bras pour être sauvée, arrachée du naufrage annoncé, et celle de rire et de danser. Mais ce sont les larmes qui ont jailli, et j'ai eu peur et froid pour la première fois, comme lorsque l'on marche sur une mince ligne de crête et que l'on sait que, quoi qu'il arrive, on va tomber.

Que c'est fini.

58

Dormir avec mon mari, et penser à un autre.

Ressentir le poids du corps de mon mari. Entendre ses ronflements, et penser à un autre. Percevoir les agitations de mon mari, ses gémissements, ses tumultes étouffés, et penser à un autre.

Sentir les battements de mon cœur et de ma peur. Écouter mon sang qui fouette. Laisser mes jambes trembler. Glisser ma main vers le centre de mon désir, et penser à un autre.

Mordre ma bouche pour me taire, pour déchiqueter le prénom inconnu d'un autre. Pour le savourer, comme un suc.

La jouissance est une errance de nuit.

57

Mon travail.

J'étais, je crois, faite pour les mots, pour les livres, les notes de musique et la danse – les choses impalpables qui nourrissent l'existence, tracent de nouvelles perspectives, dessinent d'autres proportions, toutes ces choses qui poussent nos murs et agrandissent nos vies.

Adolescente, je rêvais de librairies, de cinémathèques ou d'un travail à l'Opéra, même ouvreuse, même vendeuse de programmes, mais après des études à la Catho, un stage de six mois au Furet du Nord, trois semaines chez Tirloy, je n'avais trouvé qu'un poste chez Cofinoga.

J'avais aussitôt détesté.

Pendant presque deux ans, j'avais vendu de l'argent horriblement cher à des gens qui n'en avaient pas et n'en auraient sans doute jamais. Je leur avais, la voix mielleuse, le cœur battant, promis la lune, je leur avais juré des jours meilleurs avec tel canapé, tel écran plat géant, une précieuse liberté avec telle voiture, telle motocyclette. Et lorsque les menaces tombaient dans leurs boîtes aux lettres parce qu'ils ne remboursaient plus, parce qu'ils coulaient, parce qu'ils hurlaient sans que personne les entende et que, très vite, l'eau noyait leurs cris, alors j'avais commencé à avoir honte, une honte sourde, écœurante, définitive, elle m'avait fait prendre le téléphone, appeler tous mes clients pour leur demander pardon et leur conseiller de faire jouer l'article R 635-2 du code pénal au titre de la vente forcée.

J'étais partie en larmes et je n'étais plus jamais revenue.

Moins de dix mois plus tard était née Manon. Notre première fille. Une naissance facile, précédée d'une grossesse heureuse, calme, baignée des opéras que j'aimais, plongée dans les nouveaux romans d'alors, Sijie, Carrère, Raspail, Maalouf, Claudel. Ils réveillaient parfois une lointaine envie d'écrire mais mes trois maternités en six ans, l'insatiabilité de mon mari, sans doute quelques craintes sur mes dispositions, puis, plus tard, le besoin d'un travail rémunérateur, l'avaient remisée aux oubliettes. C'est un manque qui ne m'a pas fait souffrir, puisque lire c'est aussi écrire. Quand le livre est refermé, on le continue.

Avant ces événements qui changèrent le cours de nos vies, je travaillais, comme je l'ai dit, dans un petit magasin de vêtements – au départ un remplacement qui ne devait durer qu'un temps, et s'était éternisé. Les mois avaient passé. Puis toute une année. Et une autre encore. Mon estime de moi s'était inexorablement effritée, installée que j'étais dans la passivité d'une vie, incapable de la prendre en main, ensommeillée par le ressac de la médiocrité. Je me vidais de moi-même. Je m'essoufflais à ne pas m'envoler. Je pâlissais, et Olivier parfois s'inquiétait – il parlait alors de quelques jours ailleurs, l'Espagne, l'Italie, les lacs, comme si leur profondeur allait engloutir ma mélancolie. Mais nous ne partions pas, parce qu'il y avait les enfants, parce qu'il y avait la concession, et parce que j'avais fini par mettre toutes mes frustrations dans ma poche, un mouchoir par-dessus, comme me l'avait enseigné ma mère. Souffrir en silence – quel désaveu de soi-même.

La propriétaire du magasin, atteinte d'une dysplasie fibreuse des os qui l'empêchait désormais de marcher, cherchait à vendre. Mon mari avait un instant imaginé reprendre le fonds pour m'y ouvrir une librairie, mais il avait jugé la surface trop petite, l'emplacement périlleux, alors que moi, j'aurais poussé les murs, j'aurais tout risqué.

Ce jour-là, une dame est entrée, m'a demandé quelque chose pour un nouveau-né. Un garçon. Mais quelque chose de pas trop cher, c'est la fille de ma femme de ménage, vous comprenez, ah, et elle aime les couleurs vives. Elle a choisi un tee-shirt blanc avec une tomate rouge, mais d'un rouge vif, presque fluorescent. Douze euros. Ah, quand même. À Auchan, pour ce prix-là, on a la petite salopette en plus. Eh bien, allez à Auchan, madame. C'est que ça m'fait loin, a-t-elle avoué, lasse.

Après qu'elle est partie, son joli paquet-cadeau dans les mains, j'ai tapé une lettre de démission, je l'ai imprimée, signée, enveloppée ; j'ai fermé la boutique et je suis allée déjeuner rue de Béthune – comme j'allais désormais le faire presque tous les jours, jusqu'à la fin. En chemin, j'ai jeté l'enveloppe dans une boîte aux lettres, telle une existence aux orties.

Je savais que je ne reviendrais pas en arrière.

L'homme de la Brasserie André avait bousculé des choses en moi, il en avait même cassé quelques-unes, il avait réveillé certaines de mes urgences, anesthésiées par la quiétude de ma vie.

Il m'avait rallumée.

Une minuscule étincelle peut enflammer des milliers d'hectares de forêt, et une simple pierre détourner le cours d'une eau, la rendre brusquement et joyeusement impétueuse.

56

« Il paraît même, – ceci doit rester entre nous, Gringoire – qu'un jeune chamois à pelage noir, eut la bonne fortune de plaire à Blanquette. Les deux amoureux s'égarèrent parmi le bois une heure ou deux, et si tu veux savoir ce qu'ils se dirent, va le demander aux sources bavardes qui courent invisibles dans la mousse. »

55

Et comme une source bavarde, ses lèvres plus tard prononcent des mots nouveaux, limpides comme l'eau claire des montagnes qui serpente entre les pierres : il aime mon air triste. Il aime ma mélancolie.

C'est ce spleen qui le bouleverse.

La fragilité d'une feuille dans le vent, dit-il. Elle lui donne envie de tendre la main, d'ouvrir les doigts, de m'attraper.

Il a soudain besoin de cette inconnue dans un restaurant, envie d'elle. Elle devient une raison de vivre, une envie d'enlèvement.

Plus tard, ses mots sont précis. Vos abîmes m'attirent, me sont nécessaires.

Ma mélancolie.

Sa bouche sourit encore, et je quitte la brasserie, légère. Je me sens gourmande, et appétissante. Je me sens jolie.

Il y a des hommes qui vous trouvent jolie et d'autres qui vous rendent jolie.

Et plus loin, dans la rue, je me mets à danser.

54

Si j'avais une photographie de cet homme, on y verrait quelqu'un de grande taille, le cheveu sombre, les yeux clairs, les cils longs et fournis, la fossette affolante – mais je l'ai déjà dit.

On y découvrirait une silhouette élégante, souple. On devinerait, sous les vêtements de qualité, un corps solide, des bras forts, et sans doute, même, un tout petit peu de gras confortable à la taille, une peau douce, avec de lointaines odeurs de café, de sucre chaud, de tabac blond et d'herbe coupée. On y apercevrait un homme lumineux, curieux et discret.

On lui soupçonnerait des gestes tendres et précis, et peut-être que sur la photographie, son majeur lisserait l'un de ses sourcils, avec une expression de rêverie, un fragment de féminité. On découvrirait un homme à la beauté classique, une beauté sans âge, à la fois grave et espiègle ; un visage, plus tard, fait pour les rides et tous les bonheurs qu'elles avouent.

Et si, aux observateurs de l'image, l'on demandait un mot, un seul, pour définir cet homme, qualifier son essence, le même reviendrait sans cesse, identique et grave, comme une vague aux pieds du monde.

Le charme.

53

Je voudrais parler des larmes.

Quelques instants après avoir quitté mon emploi chez Cofinoga, à l'époque, je m'étais effondrée sur le trottoir. Une marionnette dont on aurait, d'un coup, sectionné tous les fils. L'inextinguibilité de mes larmes était effrayante. Deux personnes m'avaient proposé de l'aide. Une troisième, d'appeler les pompiers.

— Tout va bien, avais-je balbutié, Olivier va venir me chercher. Olivier, c'est mon mari.

Je l'avais appelé quelques minutes plus tôt, juste avant la honte qui m'avait anéantie, l'avalanche qui m'avait fait me cogner en moi-même, entraînant des blessures indécelables. Il était, avec ses vendeurs, en réunion de formation. Au son de ma voix, il avait tout laissé tomber, sauté, je suppose, dans la plus rapide des autos disponibles, et était venu me chercher. Il avait arrêté la voiture à moitié sur le trottoir, dans un bruit de freins menaçant, comme les policiers dans les séries américaines dont notre fils est toqué. Il s'était précipité vers moi, m'avait prise dans ses bras, avait embrassé, bu mes larmes, avait chuchoté, d'une voix terrifiée, dis-moi que tu n'as rien, s'il te plaît, s'il te plaît, Emma. Je lui avais juste demandé de me raccompagner, ramène-moi à la maison, je t'en prie.

J'avais continué à pleurer dans la voiture. Les larmes coulaient sur la vitre. Je tentais de les essuyer, mais mes mains trempées les étalaient au lieu de les effacer. Je m'étais excusée de salir une voiture toute neuve. Il avait souri. Il avait dit tu peux la salir autant que tu veux, autant que ça te fait du bien, on s'en fout, c'est qu'une bagnole, tiens, tiens, et il avait crachoté sur le pare-brise devant lui, et je m'étais mise à rire, et il avait attrapé un feutre dans sa poche, et il avait commencé à taguer le tableau de bord de cuir clair, à y écrire nos initiales, à les entourer d'un cœur, j'avais essayé de retenir sa main, tu es fou, Olivier, arrête, et il riait, riait, c'est qu'une bagnole, Emma, ce qui est important c'est toi, c'est que tu ailles bien, j'avais ravalé mes larmes et nos deux rires s'étaient fondus en un.

Elle est douloureuse l'idée de faire du mal à quelqu'un qui, un jour, s'est précipité pour vous sauver.

Olivier n'était pas retourné à la concession cet après-midi-là – malgré un rendez-vous important relatif à un appel d'offres pour une flotte automobile. Nous étions restés dans notre confortable maison – elle était encore en travaux mais nous y étions déjà bien –, longtemps enlacés, vautrés même, dans le canapé.

Plus tard, il nous avait servi chacun un grand verre de vin. L'oppidum. Château-saint-baillon. Un parfum de violette. Puis il avait mis le CD d'*Agrippina*, l'opéra de Haendel que j'aime tant, et lorsque, dans l'acte III, Othon avait chanté sa fidélité à Poppée : « Non, non, je n'apprécie que toi, mon doux amour, toi seule me charmes, mon cœur est tout à toi[1] », et qu'elle s'était enfin donnée à lui, j'avais à nouveau sangloté. Il s'agissait cette fois d'autres larmes, douces, chaudes et épaisses – c'étaient les larmes de mes treize ans lorsque j'avais entendu mon premier opéra, *Orphée et Eurydice*, à la radio en compagnie de ma mère, et que je l'avais vue plusieurs fois frissonner à cause de la voix de castrat d'Orphée.

J'avais alors demandé à Olivier de me faire l'amour. Il m'avait prise brutalement. Il avait été rapide – un adolescent maladroit. Puis s'était excusé.

— Tu m'as fait peur.

C'est cette brutalité qui me revient maintenant. Ce moment où j'avais été griffée, sans que la trace apparaisse tout de suite.

Me revient cet autre moment de larmes.

J'ai vingt ans. Olivier en a vingt-quatre.

Il y a peu, il m'a parlé de ces jolies choses qui font basculer le cœur des filles, et il m'a cueillie, comme un bouquet – quelques fleurs pâles, pas tout à fait écloses.

Mes pudeurs crispent encore ma peau lorsque ses lèvres la touchent. Je ferme toujours les yeux. Mes mains s'aventurent peu, alors il les guide. J'apprends le grain de la peau, le froid des frissons, le souffle chaud et court, le sel dans le cou, sur la nuque, sur la poitrine, et parfois les parfums me font tourner la tête.

Mais ce soir-là, son visage est bas sur mon ventre et ses mains tiennent fermement mes fesses, ses ongles blessent, lorsque soudain il me soulève et me porte à sa bouche, comme un verre d'alcool bombé. Il m'ouvre et me boit, sa langue plonge, ses dents accrochent mes chairs, il me fait mal, je le repousse vivement, mais sa tête se fait alors plus lourde, ses gestes plus pressants, mes doigts agrippent ses cheveux, tirent, repoussent, mais il résiste, il ne m'entend pas, il n'écoute pas mon absence de ce désir-là, il continue, vorace et cannibale ; surgissent alors des images que je n'aime pas, qui ne nous ressemblent pas, qui ne sont pas nous, ce n'est pas moi, pas moi ce corps incisé, avalé, ce n'est pas à moi qu'il fait cela, mais à un sexe de femme, n'importe lequel, n'importe laquelle ; c'est ma première humiliation, une blessure que le temps ne cautérisera pas, avoir été de la viande à sa bouche, n'importe laquelle, n'importe qui.

Mes premières larmes avec mon mari datent de ce jour-là.

52

En cherchant l'origine de mes failles, je découvre avec amertume que nos souffrances ne sont jamais profondément enfouies, nos corps jamais assez vastes pour y enterrer toutes nos douleurs.

51

Scrupules – ou *délicatesse morale*.

Abandonner mes enfants. Bousiller leur jeunesse. Foudroyer Manon, notre fille aînée. Trahir mon mari. Décevoir nos amis. Rendre folle de chagrin ma meilleure amie. Tuer ma mère à petit feu. Fuir comme une criminelle. Devenir une pierreuse à mon tour. Égoïsme, égoïsme, égoïsme.

Il me fallait rentrer chez nous maintenant. Prendre une douche glaciale. Oublier son regard. Effacer les endroits de mon corps où il l'avait posé, depuis que nous nous observions. Ne plus retourner rue de Béthune. Ne pas m'asseoir à côté de lui, jamais, ni un jour lui dire que j'aimerais connaître sa voix, que je suis prête pour cela. Ne jamais l'entendre me donner son prénom, me parler de sa vie et être si près de lui que je sentirais les battements de son cœur, le bouillonnement du sang dans ses veines.

J'aurais peut-être dû avouer mon désir à Olivier, lui demander de m'aider à étouffer ce poison, à trouver comment le diluer dans la grâce de notre quotidien, le confort de notre mariage, lui demander pardon.

J'allais devoir me battre pour que rien de cet orage annoncé n'arrive, aucune foudre menaçant de détruire ce que nous étions alors.

Une famille heureuse.

Je me souviens de cet enseignement de ma mère : le désir vient avec la connaissance de l'autre, et cette connaissance, Emmanuelle, mène à l'amour.

Pour elle, l'amour est une chose raisonnable, construite même, puisqu'il trace toute une vie, de la taille d'un canapé jusqu'à la place dans le lit, le nombre d'enfants, la capacité de fermer les yeux (comme les serveurs de brasserie). Avec le temps, assez vite en fait, j'avais pensé que cette croyance avait été inventée pour celles qui auraient à se contenter d'amours médiocres, de petits désirs ininflammables.

Les mères nous apprennent la patience, cette cousine polie du renoncement, parce qu'elles savent qu'entre le désir et l'amour, il y a les mensonges et les capitulations. Le désir ne tient pas toute une vie, m'avait-elle dit.

L'amour non plus, lui avais-je répondu. Moi, je crois au premier regard, maman. Je crois à la première impression. Je crois au langage de la chair. Au langage des yeux. Au vertige. À la foudre.

— Ce à quoi tu crois, ma petite fille, cela aboutit au chagrin.

Mais voilà.

50

« À partir de ce moment, l'herbe du clos lui parut fade. L'ennui lui vint. Elle maigrit, son lait se fit rare. C'était pitié de la voir tirer tout le jour sur sa longe, la tête tournée du côté de la montagne, la narine ouverte, en faisant *Mê !...* tristement. »

49

Une église italienne. Sicilienne, même. Tout en haut d'une longue route droite. De chaque côté de la route, des champs. Et dans les champs, des journaliers au travail. Quand la scène commence, les cloches sonnent, la porte de l'église s'ouvre et les mariés sortent. Le riz vole. Des bouquets s'envolent. Des rires. Des baisers.

Les mariés montent à bord d'une grosse automobile – elle roule maintenant à la vitesse d'un homme qui marche au soleil de midi, le long des champs. Les journaliers lèvent la tête. Certains saluent. D'autres en profitent pour s'essuyer le visage, boire un peu d'eau ou de vin. Le couple sourit, envoie parfois quelques baisers et elle, quelques pétales. Soudain, un peu plus loin dans les blés, le très beau visage d'une jeune femme blonde se tourne vers la voiture. Elle regarde le marié et le marié la dévisage. C'est un regard indescriptible. Un feu. Une fin du monde.

Alors on comprend en même temps que lui.

Que c'est elle.

La fille des champs.

L'amour de sa vie.

Le professeur qui animait en classe de seconde l'atelier sur le cinéma auquel je participais avait souri à la lecture du scénario du court métrage que j'avais imaginé, et, après quelques commentaires, avait conclu : Emma, vous confondez l'amour et le désir ; il m'avait cataloguée tragédienne. J'avais rougi. La classe avait ri.

Mais je croyais toujours à la foudre.

48

J'y retourne presque tous les midis, et presque tous les midis, il est là. Avec des amis, des collègues de bureau – je ne sais pas. Il est parfois seul – de plus en plus souvent, à dire vrai. Il s'assied désormais de façon à pouvoir m'observer aisément tandis que je déjeune au comptoir. Ses fossettes lui donnent l'air de sourire même lorsqu'il ne sourit pas.

Nos regards se frôlent toujours, se bousculent, s'entrechoquent.

Les siens m'incisent quelquefois, et cette sensation me trouble, affole mon souffle.

Les miens caressent, cherchent la douceur et le sel de sa peau.

Nous n'osons pas nous approcher encore.

Quand il me regarde, j'entends mon cœur comme j'ai entendu celui de mes enfants aux échographies, c'est un son envahissant, un battement de tambour qui couvre tout, menaçant et joyeux à la fois.

Quand il me regarde, il me semble ne plus avoir le ventre ingrat des maternités, les griffures de ronces ont disparu ; il me semble ne plus avoir ces tout premiers cheveux blancs, ces rides, ces cernes, ces grains de beauté à la couleur suspecte, juste une peau parfaite, claire, neuve, nue, entièrement nue, il me semble redevenir une fille de seize ans, une fille, c'est cela, de cet âge où l'on n'a pas encore peur de sauter dans le vide, parce qu'on croit, pour quelques années encore, à la chance, aux anges et à l'amour.

Il me regarde et je suis nue au milieu du monde.

En quittant la brasserie, je sens ses yeux sur mon cou, mon dos, mes reins. Ce sont deux braises déposées là, au gré de ses désirs, deux brûlures qui me consument lentement, longtemps après que je suis rentrée chez nous, que j'ai embrassé mes enfants, après que je me suis couchée auprès de mon mari.

Et dans le silence de la nuit, je me demande quels seront ses premiers mots.

47

Je me souviens d'une chanson sur le désir fou d'une esclave de harem.

Elle voulait être muette et presque sourde, pour que son maître la berce de mots, « Des mots qui ressemblent à la mer / Des mots où l'on voit à travers / Des mots d'amertume et d'amour / Des mots tendres et des mots lourds[2] ».

Maintenant que tout est terminé, je comprends cette envie de ramper.

Parfois, je rampe encore vers lui.

46

Sophie.

Sophie est mon amie absolue. *Absolu* : sans restriction ni limite. C'est avec elle, les sauts à Paris chaque mois, la Cinémathèque – Mackendrick, Cavalier, Zampa, Lang, Sarafian –, Orsay et Cartier, le marché Paul-Bert aux Puces de Clignancourt. Avec elle, les tonnes de livres. Avec elle, parfois, la violence des opéras, la légèreté des ballets.

Avec elle, mes fous rires et tous mes secrets.

Sophie sait. Elle sait ma sincérité, elle sait la profondeur de mes lacs et les évasions de mon âme. Mes envols, lorsque chutent les héroïnes des opéras que j'aime – Cio-Cio-San, Mimi, Rusalka.

Elle sait aussi mes pétages de plombs.

— Mais là, avait-elle dit, là, tu pètes fort. Très fort, même. Je résume. Tu tombes dingue d'un mec qui s'est essuyé la bouche dans un resto, ce qui, au passage, n'a rien de franchement exceptionnel, ça dit juste qu'il est bien élevé. Tu le revois tous les midis ou presque. Pendant plus de trois semaines, aucun mot, juste des regards de cocker, des œillades lamentables, des sourires rougissants. Tu danses sur le trottoir, bientôt tu chanteras Gréco. Dans pas longtemps, tu t'assiéras à la table à côté de la sienne. Vous vous parlerez pour la première fois, à moins que le type soit muet. Tu n'oseras pas le regarder. Lui non plus, j'imagine. Encore un type marié. Sa voix, quelle qu'elle soit, te donnera des frissons. Tu la compareras à celle de Sami Frey. De Maurice Ronet. Des voix qui ont de la chair. Chair de poule, ma poule. Et en attendant, tu me téléphones. Affolée. La bouche en cœur : mais qu'est-ce qui m'arrive ma Sophie ? Tu as le bide en vrac. Et j'accours. Comme toujours. Merci au passage à la copine parfaite. Me voilà, et je te vois, là, en face de moi, arrête de sourire, t'as l'air idiot, comme à seize ans, à l'époque de ton journal de fifille, si, si, de fifille, je te rappelle que tu étais très amoureuse de Jean-Christophe Tant, le beau brun qui ne savait jouer que « Jeux interdits » et « La Maison bleue » à la guitare, c'est dire – on n'en pouvait plus, on lui avait envoyé des partitions des Beatles et de Django Reinhardt –, tais-toi, je te rappelle que tu voulais mourir parce qu'il ne te regardait pas, et que tu en avais fait une méchante poussée d'acné, et là, même sans acné, encore que tu le mériterais, je retrouve ma copine débile, méga-débile même. (Elle s'est tue un instant puis a repris, la voix plus grave.) Tu ne vas quand même pas quitter Olivier pour ça. Quitter tes mômes. Ta vie. Après tout ce que vous avez vécu. Sa maladie. Votre immense courage à tous les deux. Si tu pètes un câble, je peux t'emmener à Madrid quelques jours. On boit des Bacardi au *naranja y ron*, tu embrasses deux ou trois danseurs de flamenco si tu veux, et surtout, surtout, tu laisses ta débilité là-bas, on rentre, et tu retrouves ta géniale petite famille. Je reprends un café, je t'en commande un ? Et puis tu commences par me gommer ce sourire de simplette. S'il te plaît. Deux cafés, monsieur.

Absolue.

Alors, je lui ai parlé de la théorie de la tache – ma métaphore du désir.

Au départ, la tache est minuscule, un petit point imperceptible, mal placé – exactement comme une éclaboussure de sauce tomate sur un chemisier blanc, inévitable, pile à l'endroit du cœur. Le désir, c'est cette tache qui apparaît là où elle fait le plus mal. Plus on essaie de l'enlever, plus on frotte, et plus la tache augmente. Elle devient une obsession, visible de tous, jusqu'à être indélébile. Jusqu'à faire partie de nous. La résistance ne fait qu'augmenter le désir. Il prend possession de nous.

Dans un souffle, Sophie m'a traitée de folle.

Dans un souffle, je lui ai dit oui, je suis folle, et cela m'a fait sourire.

Je suis revenue sur ce vieux film terrifiant qu'on avait vu ensemble à l'époque où les garçons ne discutaient que de ça au lycée : *L'Invasion des profanateurs de sépultures*. Elle a pris un air idiot et je lui ai rappelé ces cosses qui dupliquaient tous les habitants d'une petite ville et en faisaient des êtres qui soudain ne s'appartenaient plus.

— C'est cela le vrai désir, Sophie, le désir avec un grand D. C'est quand on ne s'appartient plus, et qu'on reste heureuse.

Elle a répété que j'étais folle.

— Tu confonds probablement folle avec amoureuse, ma Sophie.

Elle s'est emportée. J'étais égoïste. Capricieuse. Inconsciente. La pire des mères. L'amie la plus décourageante qui soit. Bref, une immense déception. Une calamité. Puis elle s'est calmée.

— Moi, je n'arrive à rien avec les hommes, a-t-elle dit. Trois mariages, et je suis à nouveau seule. Mais toi et Olivier, c'est, c'est, elle cherchait ses mots. C'est beau. Vous avez survécu ensemble. Voilà. Vous donnez envie à tout le monde, même si vendeur de voitures ce n'est pas franchement ma tasse de thé, parce que ça fait des discussions limitées le soir, mais ce n'est pas le sujet ; tous les deux, vous rendez belle l'idée qu'on se fait d'un couple, d'une famille. Tu ne peux pas détruire tout ça, Emma.

C'est étonnant, parfois, les vies que les autres vous prêtent. La façon dont ils se racontent votre histoire.

45

Un mot sur le vin.

Lorsque nous avions commencé à sortir ensemble, Olivier aimait à me donner rendez-vous dans les bars d'hôtel, tellement plus *chics* qu'un café, disait-il, et puis on y servait des vins fins, précieux, pas ces piquettes de bistroquets. Nous fréquentions à l'époque les bars de L'Hermitage Gantois, du Couvent des Minimes, où il me faisait goûter des château-mac-carthy, chorey-lès-beaune, aloxe-corton, et tant d'autres, en me demandant de les lui décrire. Je ne connaissais pas ce vocabulaire-là, et un soir, d'un cornas puissant qui m'évoquait un souvenir de terre, un bruit de rocaille, je lui avais dit, après avoir mâché le vin, qu'il avait du sabot, de la cuisse, et peut-être même un peu de peau de bête, un cuir fort, un poil dru ; il avait éclaté de rire puis caressé mon visage, sa main était chaude, tu es tellement surprenante Emma, tellement vraie, et depuis ce soir-là, au Bar de la Table, à l'hôtel Clarence, nous nous étions mis à développer entre nous une terminologie des vins, qui disait aussi nos impatiences, nos appétits : il a un parfum de draps, un nez de transpiration au bas des reins, une note de baiser, l'arôme d'un ventre, une exhalaison de stupre, un picotement de robe arrachée, et nous partions, enivrés, faire l'amour, goûter les saveurs brûlantes de nos peaux.

Puis le temps avait fait son office, les mots s'étaient précisés et les désirs calmés, alors j'avais appris que cornas, en celte, signifiait « terre brûlée », que ce vin possédait une robe d'un rouge très foncé, aux reflets violacés, presque des ténèbres, qu'il était l'un des plus charpentés de France, qu'il développait des arômes de fruits noirs, avec une finale épicée et réglissée, mais qu'il n'avait ni sabot, ni cuisse, ni peau de bête à poil dru, et notre couple avait commencé à ressembler aux autres et à se diluer dans le vocabulaire du monde ordinaire.

44

« M. Seguin s'apercevait bien que sa chèvre avait quelque chose, mais il ne savait pas ce que c'était… »

43

Lorsqu'un midi, mon mari m'a rejointe à la Brasserie André pour déjeuner dans l'élégance des lambris de chêne sombre, sol carrelé délicat, nappes blanches, argenterie lourde, gambas grillées au pastis agrémentées d'un verre de pagus-luminis 2011 de la maison Louis Chèze – il a une bouche franche, a dit Olivier, du sabot et de la cuisse, ai-je ajouté, et il a souri, une nostalgie fugace –, je me suis arrangée pour que l'homme me voie, qu'il puisse continuer à me convoiter.

Ce midi-là, en reposant ses couverts, mon mari m'a dit qu'il me trouvait très belle *aujourd'hui*, et il m'a remerciée pour ça.

Ma honte, soudain.

J'ai lâché ma fourchette comme un fer rouge et elle est tombée sur le carrelage dans un bruit clair, j'ai repoussé mon assiette, j'ai dit à Olivier· ramène-moi, je ne me sens pas très bien, pas bien du tout en fait, il a alors promptement réglé l'addition, attends-moi, je vais chercher la voiture, j'arrive, je reviens, sa voix disait sa peur, son effarement et la terrifiante beauté du chagrin des hommes ; je suis restée seule quelques minutes, l'autre me regardait, inquiet, ses yeux clairs m'interrogeaient, mais j'ai baissé la tête, baissé les paupières, j'étouffais, ma peau brûlait, et c'était la honte de trahir Olivier, la honte de m'abaisser à ce jeu idiot, œillades, séduction, vertige, ravissement, tout n'était pas parfait dans notre vie mais elle ne méritait pas cela, pas mon infamie, il y avait tant d'amour encore, tant d'espaces possibles, tant d'exaltations, et soudain la porte de la brasserie s'est ouverte à nouveau, brusquement, l'air a giflé ma pâleur, pincé mes joues, Olivier m'a embrassée, entraînée dehors, installée à bord de la voiture, puis il a roulé vite jusqu'à chez nous, jusqu'à la maison blanche en bordure du golf, la maison sans chien jaune ni chien bleu, avec un vieux pommier dehors, aux branches basses et polies, avec des livres d'art posés sur la petite table en verre du salon, et trois enfants, trois enfants heureux, il a roulé vite en me demandant ce qui n'allait pas, ma lividité l'effrayait et son effroi avait des allures enfantines et touchantes, et j'ai posé la main sur son genou, pour nous apaiser tous les deux, et son soupir était chaud et rauque, le soupir d'un homme rassuré, et je me suis alors sentie couverte de poix et d'ordures, je ne me reconnaissais plus, quelle minuscule personne étais-je devenue, capable d'autant d'indignité, une rainette qui abandonne ses œufs, une mante religieuse, une boue, un torrent de boue, une moins que rien, et j'ai vomi dans la belle voiture neuve.

42

Prémonition.

Manon venait de finir la lecture d'un court roman dont l'héroïne, Natalie Wood, se noie en tombant d'un bateau, sous les yeux de son mari et de son amant.

Pourquoi a-t-elle eu tant d'aventures, maman. Pourquoi s'est-elle mariée deux fois avec Robert Wagner. Pourquoi ceux qui vous aiment peuvent vous laisser vous noyer. Et vous regarder vous noyer. Peut-être même vous avoir poussée dans l'eau. Est-ce que ça veut dire qu'un seul amour ne peut pas remplir une vie. Que n'être que deux finit par rendre triste. Ou méchant. Est-ce que tu as connu beaucoup de garçons avant papa. Pourquoi tu l'as choisi, lui. Est-ce que tu as déjà eu envie de le quitter. Pourquoi on quitte quelqu'un. Pourquoi le chagrin peut-il l'emporter.

Mon bébé de seize ans. Qui se posait déjà des questions de grande.

Des questions insolubles, qui sont la raison du pourquoi des romans, et leur insolubilité, du pourquoi des chagrins.

J'ai juste pris ses mains dans les miennes. Je les ai embrassées. Et je lui ai dit que chaque question portait en elle sa propre réponse. Qu'il y avait autant de vérités que de personnes sur terre. Que je ne cesserais jamais de l'aimer, quoi qu'il arrive.

Elle a soupiré. Elle a dit que je faisais des réponses de vieille. Que c'était nul. Pas digne d'une mère.

J'allais bientôt te donner toutes mes réponses, Manon.

41

On essaie toujours de comprendre pourquoi les choses basculent. Mais quand on le découvre, on est déjà de l'autre côté.

40

— Maintenant, j'aimerais bien entendre votre voix. Je suis prête.

Il avait déjeuné seul ce jour-là. Au moment de l'addition, il avait commandé un second café. Un *espresso*. La table juste à côté de la sienne s'était libérée, j'avais alors quitté le comptoir où j'avais mes habitudes, et m'étais assise à côté de lui, sur la banquette sombre. Moins d'un mètre désormais nous séparait. Nous regardions chacun devant nous. Avions-nous peur, soudain ? D'être si près l'un de l'autre. D'avoir la possibilité enfin de nous toucher. De nous sentir. De ressentir. Une odeur réelle. Un parfum. La finesse des doigts. L'élégance d'un vêtement. Nous étions deux coureurs, chacun dans son couloir, fixant quelque chose au loin.

Le but.

Un serveur est venu débarrasser la table devant moi. Il a pris ma commande. J'ai attendu qu'il l'apporte avant d'oser parler, et je sais maintenant que mon inconnu attendait que je commence. La première phrase est toujours la plus difficile. Comme dans un livre.

J'ai bu une gorgée de mon Perrier, et j'ai dit, tout bas, tout en continuant à fixer le menu sur la vitrine, à quelques mètres de nous :

— Maintenant, j'aimerais bien entendre votre voix. Je suis prête.

— Je m'appelle Alexandre. Je suis marié. Nous n'avons pas d'enfants. Et je pense à vous depuis trois semaines.

J'aime sa voix – une voix d'acteur, singulière et chaude. J'aime son débit un peu lent. Les mouvements féminins de ses mains lorsqu'il parle.

J'aime beaucoup de choses, déjà, depuis longtemps.

(Il y a des choses qu'on ne peut pas raconter au passé. Je dis *j'aime* car cela me permet d'être encore avec lui, insouciante, dans ce temps de notre première conversation, de l'éterniser ; cela me permet d'être à nouveau emplie d'espérances, au départ d'une nouvelle vie – le présent est un état de grâce. Maintenant que l'aube est venue, maintenant qu'une lueur pâle a paru dans l'horizon, que le chant du coq enroué est monté d'une métairie, la conjugaison me ramène au lieu même de mon émoi, le distille encore une fois dans mes veines, comme un alcool qui donne envie de tourbillonner.)

— Depuis trois semaines, je suis très troublée aussi. Quand je quitte cet endroit, je danse sur le trottoir et les gens rient. Je suis mariée.

— Et vous avez des enfants.

— Trois.

— Trois.

— Avec le même papa.

— J'ai perdu un peu d'appétit.

— J'avais remarqué. Et vous buvez davantage de café.

— Quand vous n'êtes pas venue, mercredi dernier…

— J'étais retenue au magasin à cause d'une commande…

— … je n'étais pas bien. Je n'ai pas pu avaler quoi que ce soit. J'ai eu peur que vous ne reveniez jamais.

— Je suis revenue.

— Je vous aurais cherchée.

— Je serais revenue.

— J'aurais fait tous les restaurants, à l'heure du déjeuner, tous les cafés. Et si je ne vous avais pas retrouvée, j'aurais mis un détective sur le coup. Non, dix. J'aurais aussi soudoyé tous les serveurs, toutes les caissières des magasins du quartier, et les derniers îlotiers.

Il me fait rire.

Je me sens jolie lorsque je ris.

— Et vous m'auriez décrite comme une folle qui, chaque midi, vient observer, espionner même, un homme marié qui déjeune avec ses amis ou ses collègues.

— Collègues. Je vous aurais décrite comme une très jolie femme aux cheveux châtains, aux yeux clairs, un vert d'eau, pas tout à fait la quarantaine, l'air un peu triste, mélancolique, une gravité qui m'émeut au plus haut point. J'aurais ajouté que vous êtes probablement une femme fidèle, un peu seule puisque vous n'avez personne avec qui déjeuner.

— Facile. On aurait probablement retrouvé deux ou trois mille femmes qui correspondent à ce signalement.

— Mais vous auriez été parmi elles.

— Peut-être. Sans doute. Vous m'auriez retrouvée. Et qu'auriez-vous dit ?

— Rien de plus que ce que nos regards et nos silences s'avouent depuis trois semaines.

— Je suis troublée, Alexandre. Je suis une femme fidèle et malgré tout, je pense à vous. J'aime quand vos yeux attisent mon dos lorsque je quitte cet endroit.

— J'aime les phrases que je lis dans vos yeux.

— Il me semble que vous me connaissez déjà. Parfois, je me sens nue. C'est agréable ce sentiment, très embarrassant aussi.

J'apprécie que nous ne nous regardions pas, qu'il ne voie pas mon visage empourpré.

— Je découvre tout ce qui me manque lorsque vous m'observez.

— Je ne cherche pas une aventure.

— Je ne cherche pas non plus une aventure.

Mon cœur s'emballe un peu. Je puise l'air au plus profond de moi-même :

— Faut-il vivre les choses alors qu'il est aussi beau de seulement les rêver ?

C'est lui qui sourit maintenant.

— Pasolini, dans *Le Décameron*. Il joue le rôle d'un élève de Giotto qui, à la fin du film, se demande pourquoi réaliser une œuvre quand il est aussi beau de seulement la rêver.

— Ça ne répond pas à la question. Ça dit juste que vous avez de la mémoire.

— C'est une question triste.

— C'est la réponse qui serait triste, Alexandre. Vous avez une jolie bouche.

— Vous avez un beau sourire.

Je me reprends.

— Excusez-moi.

— Mais de quoi ?

— La bouche. C'était trop intime.

— C'était flatteur. Et nous sommes déjà intimes, d'une certaine façon.

— Oui.

— Je pense que nous en avons envie tous les deux, mais nous ne devons pas nous regarder.

— Nous ne devons absolument pas. Pas d'aussi près. Ça serait très dangereux.

— D'ailleurs, depuis que vous vous êtes assise ici, je regarde la porte d'entrée, là-bas. Je la connais par cœur. Elle s'ouvre de l'intérieur quand on la pousse, et de l'extérieur, lorsqu'on...

— Je regarde le dos du menu, sur la vitrine. C'est assez ennuyeux.

Un serveur vient débarrasser nos tables. La brasserie s'est vidée.

— On doit se lever maintenant, j'imagine. Chacun son tour. Retourner à notre travail, auprès de nos collègues. Et ce soir, rentrer chez nous.

— Rentrer chez nous. (Je baisse les yeux.) Souffrir. Mentir. Rêver.

— Je penserai à vous.

— Je pense à vous le soir, et la nuit.

— Je n'arrive plus à trouver le sommeil.

— Je sais.

— J'ai froid la nuit.

Je suis dans le même état que la première fois où j'ai entendu le duo de *Tristan et Iseut*. Je suis en enfer et au paradis. Ma main brûle de toucher la sienne. Il demande :

— Que nous arrive-t-il ?

— Ce que nous cherchions, je suppose.

— Vous l'avez trouvé ?

— Je crois.

— Cela vous fait-il peur ?

— Il y a trois semaines de cela, non. Maintenant, oui.

— La foudre peut frapper deux fois au même endroit.

— Oui. C'est ce qui est épouvantable, d'ailleurs.

— Je vais me lever alors. Je vais partir.

— Je vais vous regarder partir, Alexandre. Je vais regarder votre dos.

— Je vais essayer de vous dire à demain, avec mon dos.

— Mes yeux vous demanderont de rester.

— Je suis là pour vous.

J'aimerais le retenir, prolonger cette grâce légère, nouer nos doigts, les incendier jusqu'à la cendre. J'aimerais qu'il soit possible de seulement rêver les choses, mais le souffle du vent n'imprime pas les caresses ni les morsures dans la peau, la chair ne pèse rien si elle ne nous écrase pas, ne nous étouffe pas, ne nous remplit pas ; à cet instant, je pressens la violence de l'aube, de façon lointaine, diffuse, je pressens la fin déjà, qui naît au moment même où tout commence. *Déjà.* Comme dans la lettre d'Alphonse Daudet à Pierre Gringoire, cette fable amère où l'aube violente arrive si vite, où la dernière phrase broie toutes les espérances.

« Alors le loup se jeta sur la petite chèvre et la mangea. »

Et en me demandant pourquoi nous aimons toutes tant nous jeter dans la gueule du loup, je m'aperçois que je tends davantage ma tête, mon cœur, comme pour être plus aisément dévorée.

— Demain, je vous donnerai mon prénom, Alexandre. Demain, je répondrai oui.

— Alors je vais essayer de ne pas me tromper de question.

39

Je suis partie avec lui ce jour-là, légère, offerte, et je suis restée là, lourde, immobile, la tête remplie du son de sa voix. Chair de poule, ma poule, comme se moquait mon amie Sophie quelques jours plus tôt.

Je suis restée là. Je n'ai pas rouvert la boutique.

Je suis restée là, seule, dans ce temps curieux, brumeux, des brasseries après le coup de feu du déjeuner et avant l'indolence des thés de l'après-midi. Les serveurs ont nettoyé les tables. Un homme a balayé. Puis ils se sont rassemblés autour du comptoir de bois. Ils ont compté les pourboires. Ils ont fait des petits tas avec les pièces, les quelques billets. Ils ont partagé leur butin et ils ont regardé le creux de leurs mains, comme on regarde sa ligne de chance. Dehors, ils ont fumé. Ils ont ri.

Je suis restée là. Seule.

Avec sa voix.

La chaleur qui avait émané de son corps imprimait encore la banquette. Un lointain parfum de réglisse et de tabac subsistait après son départ. Je revoyais la danse de ses doigts graciles, qui avaient touché cette table, cette tasse de café, une faïence épaisse, qui toucheraient un jour mon cou, ma nuque, effleureraient mon dos, mes seins, mais si fugacement.

Je suis restée seule avec nos premiers mots à la fois banals et spectaculaires, avec tous les autres également – les mots cachés entre les mots, qui confessaient déjà nos faims, nos indécences, et quelques agréables opacités.

Je me revois seule, ce jour-là.

Je me revois l'observer se lever, déplier sa longue silhouette – une autre femme, là-bas, le regardait aussi, je m'étais sentie fière, choisie, préférée –, j'entends mon cœur s'emballer de nouveau.

Je me souviens de la moiteur de mes mains, de la sève qui coulait, tiède, au bas de mon ventre, j'aurais voulu qu'il revienne, qu'il fonce vers moi comme un taureau furieux et me prenne contre lui et m'embrasse et plonge sa langue dans ma bouche et fouille jusqu'à mon cœur, mais j'ai aimé aussi qu'il ne revienne pas, j'ai aimé que cette attente se prolonge, s'éternise, aimé qu'il me laisse là, m'abandonne presque, seule encore, pour quelque temps, sur cette très fine digue qui résistait toujours, cette digue qui séparait la paix de l'émancipation.

Je dansais au bord de l'abîme.

Ce n'était pas la peur de tomber qui faisait pousser les ailes, c'était la chute. Sa chute, qui avait soudain donné à Blanquette la force de redoubler de coups de corne alors que les étoiles s'éteignaient l'une après l'autre. Ma chute, qui avait dû être écrite au premier jour, avant Olivier, avant les enfants. C'était peut-être leur amour qui m'avait fait désirer celui-ci, qui m'y avait conduit. J'avais honte, en même temps, je me consumais.

— Quelque chose ne va pas, madame ? m'avait soudain demandé une serveuse. Vous aimeriez un petit remontant ? On a une poire extra, de la Guyot bio.

— Merci.

J'étais exténuée de désir.

38

Je suis exténuée de désir, écrit Duras.

37

Mon amie Sophie avait raison – elle a *toujours* raison.

J'étais passée à Gréco.

En sortant de la brasserie, un parfum d'alcool de poire sur les lèvres – piquant, comme un premier baiser –, j'avais chanté « Déshabillez-moi », j'avais chanté « Jolie môme », j'avais chanté « L'Amour flou ».

Sur le trottoir, un vieil homme avait demandé ma main. Je la lui avais donnée. Il m'avait fait tourner. Une figure de valse. Un tour à droite. Six pas. Un-deux-trois. Quatre-cinq-six. Il avait ri. Il avait dit merci mademoiselle, puis avait lâché ma main, et elle s'était envolée vers Alexandre, s'était posée sur sa bouche, et ses lèvres avaient goûté mes doigts.

Quand je suis arrivée à la maison, Manon était hystérique. Elle avait appelé au moins dix fois à la boutique. Son père aussi avait été injoignable tout l'après-midi. Elle avait voulu nous demander si elle pouvait partir en week-end à la mer chez son amie Aurélie Cohen ; maintenant c'était trop tard, elle était partie, à cause de vous je vais passer un week-end merdique, et en plus le frigo est vide, je vis dans une maison nulle, c'est nul ! J'ai essayé de prendre ma fille dans les bras, elle a résisté, puis s'est résignée. Nos cœurs cognaient l'un contre l'autre. Mes lèvres se sont posées sur ses cheveux sombres et en ont éprouvé la douceur. Ils sentaient l'amande, et une lointaine odeur de tabac blond. J'ai murmuré des mots qu'elle ne pouvait pas entendre. Ses deux mains s'étaient rejointes dans mon dos. C'était bien. Puis, apaisée, elle a demandé en chuchotant si on pouvait commander des pizzas et regarder un film ensemble ce soir, tous les cinq, comme avant. *Comme avant.* Pressentait-elle que quelque chose, justement, n'allait plus être comme avant, ou ne l'était déjà plus ?

J'ai dit oui pour les pizzas, oui pour le film.

Une calzone. Deux margheritas. Une forestière. Et une hawaïenne. *Billy Elliot*, cent dix minutes de bonheur. Comme avant.

Plus tard, dans notre lit, Olivier a voulu me faire l'amour.

36

« Il les perdait toutes de la même façon : un beau matin, elles cassaient leur corde, s'en allaient dans la montagne, et là-haut le loup les mangeait. Ni les caresses de leur maître, ni la peur du loup, rien ne les retenait. C'était, paraît-il, des chèvres indépendantes, voulant à tout prix le grand air et la liberté. »

35

La nuit, je te regarde et je vois ton dos, immense et nu.

Je vois les vagues de caresses possibles. La finesse de tes doigts, leurs promesses affolantes.

Je sens le vent qui nous pousse, les odeurs brunes, les odeurs de café, de groseilles, et j'entends ton rire d'homme, grave et profond.

La nuit, je me réchauffe à la chaleur de ta bouche.

Je vois les frissons de ma peau lorsque je te vois. Je vois le froid qui s'est emparé de moi. Je vois ma faim. Je sens mes côtes et mes os. J'éprouve mes vides terrifiants.

La nuit, je ressens ce que mon désir a fait de moi.

Une folle.

Une femme perdue.

34

Ma mère.

Je l'ai déjà dit : elle pince le bras de mes enfants à chaque fois qu'elle les voit, pour s'assurer qu'ils sont *vrais*.

Elle avait désiré dix enfants, elle n'eut que moi. Elle m'en a voulu longtemps de n'avoir pas permis les neuf autres. Peu après ma naissance, on lui avait diagnostiqué une endométriose, laquelle avait entraîné une infertilité secondaire et, avec elle, la fin de ses rêves de famille nombreuse, de maison bruyante, d'odeurs de chocolat le matin ; la maladie avait charrié au loin ses rêves de dix anniversaires par an, de chambres en désordre, de bains par deux, par trois, de baignoire qui déborde, d'inondations et de fous rires, de colères et de réconciliations joyeuses, les enfants inextricablement emmêlés comme des pelotes de laine.

Lorsqu'un enfant perd ses parents, on dit qu'il est orphelin. Lorsque c'est un homme qui perd sa femme, un veuf. Mais quel mot pour une mère qui n'a pas eu les enfants dont elle rêvait ?

Peut-on guérir de ce qu'on ne peut pas nommer ?

Je l'avais privée, malgré moi, de sa vie idéale, et loin de me donner dix fois plus d'amour, elle l'avait gardé en elle. Elle l'avait enfoui. Il avait cependant resurgi à la naissance de chacun de mes enfants, et lorsque j'avais décidé que trois suffisaient, elle m'avait traitée d'égoïste – elle avait très exactement employé l'adjectif « mesquine ». Nos relations étaient néanmoins restées polies, distanciées. J'avais eu auprès d'elle une enfance honnête. Elle ne ratait aucun de mes anniversaires – encore aujourd'hui. Et du plus loin que je me souvienne, elle m'avait toujours lu une histoire chaque soir, donné le goût des livres et des héroïnes. La connaissant, on aurait parié sur des femmes aimables et sages, naïves et pures, eh bien, non, elle me lisait la belle et terrifiante histoire de Blanquette et du loup énorme, celle de l'ingénue Claudine de Colette, elle m'ouvrait les yeux sur les dangereuses et enivrantes frivolités de Lili Bart d'Edith Wharton, me régalait des mensonges et des extases de Madame de, de Louise de Vilmorin, et, sans le savoir, à moins qu'elle ne fût plus aventureuse que je le pensais, que nous le pensions tous, elle diffusait déjà en moi ces sentiments qui me perdraient un jour, ces grandes bourrasques, comme l'envie de laisser triompher la violence du désir, jusqu'à tout perdre pour un instant d'éternité éphémère. Ma mère m'avait-elle instruite pour connaître les vertiges et les songes qu'elle s'était refusés ? Avait-elle voulu distiller en moi ce poison de la chair pour me punir d'avoir rendu la sienne stérile ? Ou avait-elle au contraire cherché à m'ouvrir quelques chemins de liberté, puisque c'est parfois dans la désobéissance que se trouve le salut ?

Elle m'avait appris à bien me tenir à table, à me comporter correctement en société, à ne pas attiser la concupiscence des hommes. Elle m'avait, à l'adolescence, fait porter des tenues classiques plutôt qu'audacieuses, enfermant mon joli corps dans des paquets surannés. Elle n'avait pas aimé mes premiers flirts. Elle les avait trouvés désinvoltes ou vénaux ou tellement ordinaires. Elle avait en revanche tout de suite adoré Olivier – qui avait le don, en futur brillant commercial, d'adapter son charme à chaque situation ; elle avait adoré ses manières, sa façon de s'intéresser à elle, de l'écouter et, lorsqu'elle l'entretenait de choses qu'il ne connaissait pas – Giotto, Romberg ou la délicatesse du point de palestrina –, il opinait de la tête, presque religieusement, un fils parfait ; elle avait aimé ses rêves – il n'était pas encore concessionnaire automobile, non, il lui parlait de son stage chez Pierre Fabre Médicament, de ses désirs de travailler à améliorer la vie du monde, hum, hum ; elle avait vu en lui le gendre idéal, lui avait donné sa bénédiction alors qu'il ne m'avait encore priée de rien.

Avec les années – ces années indolentes, immobiles, perdues dans le salon, passées à attendre un chevalier qui ne viendrait pas –, la carapace de ma mère s'était légèrement fendillée. Des mots plus légers avaient rejoint son vocabulaire policé. Elle avait plusieurs fois changé de coiffure, du bol austère à la Mireille Mathieu au brushing virtuose à la Farah Fawcett, elle avait tenté quelques teintures plutôt flatteuses. Son rire s'envolait désormais plus haut, bien qu'il restât encore bref. Et un jour, elle m'avait prise dans ses bras pour me dire, finalement, Emmanuelle, je ne suis pas si déçue que ça que tu sois ma fille. Ce jour-là, évidemment, j'avais pleuré. Ce jour-là, je lui avais pardonné mon enfance froide – parce qu'il faut bien, pour pouvoir survivre, être tôt ou tard en paix avec ceux qui vous rendront orpheline et vous feront souffrir. Puis elle s'était remise au bridge. Elle avait organisé une tournante avec quelques amies ; elles débattaient deux fois par mois, tard dans la nuit (en compagnie de petits macarons à la réglisse et à la rose), des livres charmants de Gavalda, de l'élégance littéraire de Ruffin, du fascinant talent de Kasischke ou d'Oates. Elle venait aussi beaucoup plus régulièrement à Bondues. Les enfants l'adoraient. Avec Louis, elle regardait *Broadchurch* et *True Detective*. Elle était au courant de la sortie, dans deux ans, de *Star Wars VII*. Elle aidait Léa en français, Manon en mathématiques, et moi en cuisine où elle me considérait toujours comme une attardée (je n'ai jamais réussi un soufflé). Elle ne s'était jamais remise de la mort de mon père, qu'elle tenait pour une trahison : un homme n'a pas à quitter sa femme, répétait-elle. Et si c'est la femme qui part ? lui avais-je un jour demandé tandis que nous préparions des crèmes brûlées à la chicorée et caramel de cassonade (l'un des desserts préférés d'Olivier – bien sûr).

— Et si c'est sa femme qui part ?

Elle m'avait alors regardée avec cet air que je ne lui connaissais pas, un air de tragédienne, et m'avait chuchoté :

— Ça, c'est une autre histoire, Emmanuelle.

Et j'avais deviné ce jour-là sa peine d'être restée, sa colère jamais éclose et ses appétits jamais comblés.

Ma mère s'était sacrifiée, elle avait préféré la prudence de la paix à la fureur des chagrins d'amour.

Elle avait plongé dans les livres plutôt que dans les bras des hommes.

33

Mon père.

Je parle de lui séparément parce qu'il ne me revient pas avoir souvent vu mes parents côte à côte. Sur leurs photos de mariage, évidemment, où ils sourient si peu. À quelques fêtes de famille. En voiture, les rares fois où nous allions ensemble quelque part. Le soir, le week-end, elle feuilletait au salon des livres d'art, en fumant, en écoutant Romberg, Debussy, Meyerbeer, et lui s'enfermait dans son bureau dans lequel il ne nous était pas permis d'entrer. (On avait, à une époque, raconté que « le Capitaine », le père de l'écrivain Colette, s'enfermait toute la journée dans un bureau pour soi-disant y écrire un roman. Il y avait passé des années. À sa mort, on n'en avait pas retrouvé un seul feuillet.)

Mon père était beau. Une beauté sombre. Il avait longtemps travaillé aux Ateliers mécaniques de Valenciennes, dessiné des machines-outils qui remplaçaient les mains des hommes. Leurs douleurs aussi. Le soir, il rentrait tard – nous avions déjà dîné – et, après que ma mère m'avait lu une histoire, si je ne dormais pas encore, il venait poser un baiser piquant sur mon front, l'accompagnant parfois d'une espérance : que dirais-tu de traverser l'Amérique en Greyhound cet été, ou de visiter le zoo d'Anvers, d'y voir un tigre, Emma, un vrai tigre – parce qu'il les aimait depuis Shere Khan, le seul animal qui, dans le livre de Kipling, ne mentait pas, le seul qui assumait de ne pas nous aimer, nous, les humains ; c'est une bête magnifique, mangeuse d'hommes, des petites proies, nous sommes de toutes petites proies pour un tigre, Emma, des côtelettes, une bavette, il en reste moins de quatre mille sur terre, il ne faut pas traîner, ma petite fille, disait-il avec un mélange d'attirance et d'effroi, tout disparaît si vite, et je voudrais te montrer la peur d'un homme, la mienne, pour que tu la trouves belle et que tu ne penses pas qu'elle est une lâcheté, il n'y pas de honte à être vaincu, et je m'étais mise à trembler parce qu'à cet instant j'avais compris qu'il savait, le corps qui lâche, la peau qui refroidit, les dents qui tremblent, le début de la fin, *déjà* ; alors il s'était repris, à la place du zoo et du tigre, on pourrait faire l'ascension de la barre des Écrins, ou bien, sans attendre l'été, ce mercredi, oui, mercredi après-midi après l'école, veux-tu venir me rejoindre aux Ateliers, je te montrerai une machine qui va fabriquer des lentilles oculaires de couleur.

Mais ces promesses rimaient avec sa tristesse de notre vie ratée ensemble, elles étaient toujours remises à plus tard à cause d'un accident dans une usine, un bras arraché, un doigt coupé ; à cause d'un projet urgent, secret ; à cause de sa peine peut-être aussi, immense et dévastatrice, qui lui avait conscienciensement dévoré le ventre, millimètre après millimètre, pendant des années, perfidement, sans douleur, et lorsqu'un sòir il ressentit comme la pointe d'un couteau à viande s'enfoncer dans le pancréas, ce fut la fin. Cette peine, c'était peut-être celle de n'avoir pas su aimer ma mère comme elle l'aurait voulu, elle : avoir un mari prévenant et, pourquoi pas, envahissant, un père de dix enfants, une sorte de Capitaine von Trapp attentionné, généreux et plein d'esprit, avoir un homme à elle, capable de la ravir du salon où elle s'ennuyait malgré les livres et la musique, et de l'emmener ailleurs, dans une île, un lagon aux couleurs de lentilles oculaires, ou même beaucoup moins loin, mais par surprise, dans un bal de 14 Juillet, et l'y faire tourbillonner, lui susurrer des mots de voyou, des mots qui font la peau moite, les lèvres humides, puis la plaquer contre un arbre, la trousser comme une fille, et que tous deux se laissent emporter par cette vague, haute et puissante, qui charrie soudain les rancœurs, les silences, toutes les frustrations d'un couple dont la fantaisie s'est gangrenée avec le temps.

Quelques semaines avant de mourir, il lui avait demandé pardon. Mais il n'avait pas expliqué pourquoi. Et je n'avais pas eu, moi, le temps de lui dire que ce ne serait pas un tigre qui m'effraierait et me fascinerait quand je serais grande.

Ce serait un loup.

32

Mes frères et sœurs.

J'avais imaginé que nous étions cinq frères et cinq sœurs. Je leur parlais. Je jouais avec eux. Je les aimais. Je leur avais choisi des prénoms. Christophe. Sébastien. Cédric. Arnaud. Jérôme. Stéphanie. Nathalie. Séverine. Céline.

Je ne l'avais jamais confié à personne avant aujourd'hui.

31

Dans *L'Avventura*, Anna, interprétée par Lea Massari, ose repousser son fiancé en lui disant qu'il salit toujours tout.

Puis elle disparaît.

J'avais aimé que le scénario ne nous explique pas sa disparition. Et surtout, qu'on ne la retrouve jamais.

Bien sûr, en 1960, à Cannes, le film avait été hué – par les hommes.

C'est Lea Massari qui m'a inspiré le prénom de notre seconde fille.

30

Me reviennent les derniers jours interminables de mon père. Lille. Le Centre Oscar-Lambret. Un grand bâtiment en brique, presque coquet, posé sur une pelouse impeccable sur laquelle des gens sanglotaient parfois, le visage égaré dans le creux de leurs mains.

Ma mère m'y emmenait tous les matins, entre la toilette et le déjeuner d'onze heures trente – filet de poisson maigrelet, purée, compote de pomme, demi-Cristaline –, et puis un jour, elle ne s'était plus sentie la force de le voir. Elle lui avait fait ses adieux. Elle n'avait pas pleuré. C'était à ce moment-là qu'il lui avait dit :

— Je te demande pardon.

J'y allais seule désormais. Les infirmières me souriaient, ah, voilà notre petite princesse. Elles me racontaient des carabistouilles. Il va mieux aujourd'hui. Il a bien mangé. Il n'est pas confus. Il a demandé des nouvelles de vous, et de votre maman. Un matin où il n'était pas confus, il avait pris ma main, avait soufflé dessus pour la réchauffer, mais c'était la sienne qui était froide. Il m'avait chuchoté :

— Éteins-moi.

Je l'avais alors étreint au plus près de moi – j'avais mal compris.

29

L'idée de laisser partir ceux qu'on aime possède la violence d'un crime.

28

Je sais qu'un jour je serai assise quelque part, et, comme devant un fleuve, je regarderai voguer ce désir qui m'a exténuée, cette faim d'un homme.

Je regarderai s'envoler ces cendres, tels d'infimes lambeaux de peau dansant, joyeux, dans le vent.

Je regarderai ces larmes qui passent.

27

— Je tiens une boutique de vêtements pour enfants. Mais plus pour très longtemps.

— Je suis journaliste à *La Voix du Nord*. Les pages « Culture ».

— Désolée, je lis rarement le journal. J'écoute parfois les infos à la radio.

— Je peux vous dire ce qu'il va se passer aujourd'hui, si vous voulez.

— Je suis impatiente.

— Le chanteur Cali se produit ce soir à l'Aéronef. La sortie d'un très beau roman d'Isabelle Autissier. Une nouvelle bio de Pierre Richard. Ah ! Et l'annulation du permis de construire de la porcherie d'Heuringhem va être audiencée, oui, je sais, le mot est vilain, au tribunal administratif de Lille.

— Je ne suis pas malheureuse de ne pas avoir allumé la radio ce matin.

Je baisse un instant les yeux.

— Dites-moi, on ne parlerait pas, par hasard, dans votre journal, d'un homme et d'une femme réfugiés dans une brasserie ?

— Ça ne me dit rien.

— D'un homme et d'une femme qui ne devraient pas être ensemble, assis côte à côte pour la deuxième fois de leur vie, lui en train de contempler la porte d'entrée, et elle, le menu plaqué sur la vitrine, parce qu'ils n'osent toujours pas se regarder l'un l'autre de si près ?

— Ça ne me dit vraiment rien.

— Rumeur, alors.

— Dommage. Je rate un scoop.

Sa remarque me fait sourire.

— Avez-vous une idée de pourquoi j'ai l'impression d'être une gamine de seize ans ?

— Pas la moindre. Quoique, en ce qui me concerne, je me sens assez proche d'un ado de dix-sept.

— Nous voilà bien.

— Le cœur qui bat plus vite, la bouche sèche, les mains qui piquent.

— Nous devrions demander à quelqu'un d'écrire nos dialogues parce que là, c'est navrant.

— Vous me troublez.

— Vous me ravissez.

— Je…

— Lorsque vous êtes partie brusquement l'autre jour, j'ai eu peur.

— Mon mari, vous, tous deux si proches, j'étais menteuse, j'ai eu honte.

Il reste un instant silencieux.

— Plus tard dans l'après-midi, j'ai eu le cafard. Ça ne m'était pas arrivé depuis l'adolescence, le cafard. C'est doux. C'est une ivresse très particulière, un trouble profond, assez mélancolique. J'ai à la fois aimé et détesté.

— J'ai envie de sentir les battements de votre cœur.

— Approchez-vous.

— Je n'ose pas encore.

— Je peux moi, m'approcher. Je laisserais tomber ma serviette par mégarde, je me pencherais pour la ramasser, nous serions alors tout proches.

— Je m'appelle Emmanuelle. Mais on dit Emma. Sauf ma mère.

Il répète mon prénom, semble le goûter.

— Emmanuelle.

Il sourit.

— Un prénom qui signifie « bonne nouvelle ».

— Qui signifie aussi « Dieu est avec nous ».

Je sens le rose éclore sur mes joues lorsque j'ajoute :

— Quoique, à cet instant, c'est plutôt le diable qui est avec nous.

— Le désir, vous voulez dire.

— Le désir, le trouble, l'envie, la peur, les morsures, l'eau, le chaud, le froid, le vertige, l'ivresse, la tentation.

Il vient de poser sa main sur la banquette.

Je sens ses longs doigts à quelques millimètres des miens. Il me semble que si je tombais, il me rattraperait. Je n'ai plus peur. Je voudrais une chute. Je pense poussez-moi. Je pense rattrapez-moi. Prenez-moi. Apprenez-moi.

Mon front est brûlant.

Je touche sa main, ses doigts sont doux et tièdes et ne tremblent pas. Je la fais glisser vers moi sur la banquette, puis je la recouvre du pan de la nappe qui tombe sur les genoux, et la nappe devient un drap, et la banquette un lit ; ses doigts se désengourdissent, s'animent, comme des orvets, glissent sur ma cuisse, ondulent, fluides et chauds, parcourent ma chair de poule soudain, ma chair de fille, ils remontent et je le laisse faire connaissance avec mes impasses, je suis alors faite d'eau et de sucs, je deviens un lac et mon désir est sans fin, toute première fois est absolument bouleversante, ses doigts se noient, ma main le guide plus loin mais je suis infinie, je voudrais crier, je mords ma bouche, une odeur de fer dans mon palais, mais je ne crie pas, j'ai juste envie de rire maintenant, envie de laisser ce corbeau sortir de ma gorge, s'envoler, briser les vitraux de la brasserie dans un fracas immense, ses doigts sont indécents et ma jouissance est muette et clandestine, je suis tellement vivante, c'est une joie vertigineuse, une victoire magnifique sur le chagrin, la main d'Alexandre s'immobilise, je porte ses doigts à sa bouche d'homme, je veux qu'il me goûte et il me savoure en me regardant, et son regard, à ce moment précis de ma vie, est la chose la plus érotique qu'il m'est donné de connaître, de ressentir au plus profond de ma chair, de mon âme – ce moment où il m'absorbe tout entière.

Les bruits des derniers clients qui partent, les pieds de chaises qui raclent le carrelage me font revenir à moi, revenir à nous ; ma respiration est lourde, ma peau est moite, je voudrais me nicher dans ses bras, m'y perdre tout à fait ; je me sens nue, écartelée, indécente, crue et belle.

Nous ne nous sommes pas regardés dans cette perdition, pas une seconde, pas une seule fois.

Sa voix me fait soudain sursauter :

— Et les Emmanuelle sont émotives.

— Pardon ?

— Les Emmanuelle sont émotives. Elles ressentent les choses avec davantage d'ampleur, davantage de poésie.

Je regarde nos deux mains sur la banquette. Depuis que nous sommes là, elles n'ont pas bougé d'un millimètre. Ce sont toujours deux jolis points de suspension pétrifiés.

Alors le pourpre de mes joues s'effrite et j'éclate de rire, toute impudeur volatilisée – quelques rares visages se tournent vers moi, curieux, charmés aussi.

— Vous êtes belle quand vous riez.

— C'est vous qui me rendez belle.

Il plonge la cuiller d'argent dans la tasse de café vide. Il la fait tourner doucement, comme on fait tourner sept fois sa langue dans la bouche, avant un aveu.

— J'ai commencé à écrire un livre.

— Un roman ?

— Oui.

— Vous lui avez déjà donné un titre ?

— *Brasserie André.*

Je suis heureuse – je ne sais pas très bien pourquoi. J'aime l'idée qu'il veuille nous raconter. Définir ce moment où l'on échappe à soi-même.

Où la chute se révèle finalement être un envol.

Je me fais la réflexion futile, dérisoire, que les lettres d'« André » sont contenues dans son prénom.

Alexandre poursuit :

— C'est l'histoire d'un homme marié.

— Et il rencontre une femme dans une brasserie.

— Oui. Sa vie va basculer. Je crois qu'il a assez envie qu'elle bascule.

— La sienne aussi. Je crois qu'elle a assez envie que sa vie bascule. La femme de votre livre, je veux dire.

— Parce qu'elle est mariée, et qu'elle n'aime plus son mari ?

— Non. Elle n'est pas du genre à ne plus aimer quelqu'un parce qu'elle aime quelqu'un d'autre. Ni à aimer parce qu'elle se lasse d'être seule. Un nouvel amour n'est pas forcément contre le précédent. Il peut être pour lui-même. Un vertige irrépressible.

— Vous avez raison. Je veux dire, *elle*. Elle a raison. Mon livre, c'est donc l'histoire d'un homme marié qui rencontre une femme mariée, et leurs vies vont basculer.

— Oui.

— Oui.

— Que va devenir la femme de l'homme marié ?

— Et le mari de la femme mariée ?

— Il va tomber des nues. Ne rien comprendre. Il va casser une ou deux choses dans la maison, avant de se calmer. Il a la peine changeante. Puis il utilisera l'argument des enfants. Puis d'autres lâchetés, autour de la culpabilité, comme les épreuves traversées ensemble, qui devaient cimenter une vie de couple.

— Elle va également tomber des nues. Elle ne demandera aucune explication, elle voudra que ça se passe vite. Puis elle aura un immense chagrin. Linéaire. Infini.

— Dans votre livre, peut-être que l'homme et la femme mariés devraient se quitter, là, dans cette brasserie, sans que rien soit finalement arrivé, sans qu'ils aient rien griffé.

— Sans qu'ils se soient regardés d'aussi près.

— Sans qu'ils aient eu envie d'être plus près encore. Jusqu'à se toucher. Sentir les battements.

— Sans qu'ils aient eu envie de s'embrasser.

Je me sens exsangue soudain, lorsque je dis :

— Goûter un fruit. L'écraser avec ses doigts.

— Envie de se perdre.

— Envie de s'approcher de l'arbre.

— Mais en s'approchant, on consume ceux qu'on laisse derrière soi.

— Peut-être qu'ils se quittent, finalement. Dans votre livre. Dans la brasserie. On peut continuer à vivre avec un désir inassouvi.

— On peut en mourir aussi, dit-il.

— Oui. Savent-ils pourquoi ils s'aiment, dans votre livre ? À part que sa bouche à lui l'a terriblement troublée.

— Et que son air triste à elle l'a définitivement envoûté ? Non. Ils ne savent pas. C'est ce qui rend la chose magnifique.

— C'est de ne pas pouvoir l'expliquer aux autres qui rend la chose odieuse.

— Davantage encore que n'être plus aimé, c'est n'être plus préféré, plus choisi, qui est terrifiant.

Ma joie et ma frayeur se liquéfient. Le mal qu'on fait nous fait aussi parfois tellement de mal.

— Donc, c'est l'histoire d'un homme marié qui croise une femme mariée, et tous deux décident de ne pas s'arrêter. De continuer leur chemin.

— Ça ne ferait pas un très bon roman.

— Ni une très jolie vie.

— J'entends une larme, dans votre voix.

— Je pleure beaucoup. C'est une caractéristique des Emmanuelle, vous ne le saviez pas ?

— Le livre commence par un dialogue. Elle lui dit : « Je répondrai oui. » Le personnage inspire un peu plus fort que d'habitude, il sait que sa vie bascule à ce moment précis, et il murmure : « Alors je vais essayer de ne pas me tromper de question. »

Mon cœur pourrait exploser :

— A-t-il trouvé la question, le lendemain ?

— Partons ensemble.

— C'est la question ?

— Oui.

— Alors, vous connaissez ma réponse.

26

TONNERRE, subst. masc.

1. Manifestation sonore de la foudre ; bruit plus ou moins violent, perçu plus ou moins longtemps après l'éclair selon la distance qui sépare le phénomène du lieu où il est entendu, et intervenant souvent plusieurs fois au cours d'un orage. Tonnerre assourdissant, continu, éloigné, grondant, ininterrompu, lointain, roulant, sourd ; bruit, grondement(s), roulement de/ du tonnerre ; fracas du tonnerre ; le tonnerre retentit ; avoir peur du tonnerre. *Maintenant le tonnerre ébranlait la vallée* (Rollinat, *Névroses*, 1883, p. 131).

♦ [Ce phénomène est envisagé dans une durée.] *La journée a été orageuse ; le tonnerre a grondé pendant deux heures et la foudre a éclaté non loin de la maison* (Delécluze, *Journal*, 1825, p. 212).

♦ Au plur., littér. *Une puissance occulte envahissait son âme, Des tonnerres lointains roulaient au fond des cieux* (Bouilhet, *Melaenis*, 1857, p. 201)[3].

2. *Exemple :* J'avais titubé dans la rue, comme une pocharde. J'étais au cœur d'un *orage*. Un homme venait de mettre le chaos dans ma vie. Le *tonnerre* avait résonné en moi. La *foudre* m'avait fendue, comme une pierre, et de la fracture jaillissaient mes rires, comme des *éclairs*, et mes épouvantes, mes peines, le mal que j'allais faire, le bonheur qui m'attendait peut-être, l'inconnu fascinant, le *feu* et la joie.

Dans le silence qui avait suivi ma réponse, j'avais dit oui à un homme. J'allais m'attacher à lui. J'allais lui appartenir sans que je sache grand-chose de lui – marié, sans enfant, journaliste, la cinquantaine, laisse un pourboire avec le café, lèvres gorgées de sucre et de sang, voix à la Sami Frey, regard qui m'incise, m'apprivoise et me rend belle, mais a-t-on vraiment besoin de toujours tout savoir ? On veut juste se perdre. On cherche la chute.

Celle qui donne des ailes. L'illusion sublime. On rêve toutes d'un instant parfait.

La trajectoire merveilleuse qui mène à l'écrasement.

25

Je suis amoureuse.

Je suis fiancée au désir – on dit promise, aussi.

Promise au désir.

24

« — Comment, Blanquette, tu veux me quitter !

Et Blanquette avait répondu :

— Oui, monsieur Seguin.

— Est-ce que l'herbe te manque ici ?

— Oh ! non ! monsieur Seguin.

— Tu es peut-être attachée de trop court, veux-tu que j'allonge la corde ?

— Ce n'est pas la peine, monsieur Seguin.

— Alors, qu'est-ce qu'il te faut ? Qu'est-ce que tu veux ?

— Je veux aller dans la montagne, monsieur Seguin. »

23

J'ai erré très longtemps dans les rues de Lille avant de trouver le courage de rentrer à Bondues.

Les enfants avaient mis la table (comprendre : on meurt de faim) et travaillaient dans leur chambre. Olivier était arrivé avant moi. Il avait ouvert une bouteille de pontet-bagatelle et en avait déjà bu la moitié. Il m'a servi un verre. Nous avons trinqué. En voyant mon regard triste, il a eu un bref sourire désenchanté – davantage comme un réflexe, je crois, sinon il m'aurait interrogée, je le connais. Puis il m'a parlé de sa journée, alors que je me mettais à la cuisine : un contrat possible pour une flotte de vingt-cinq voitures pour Decathlon, un commercial en arrêt maladie, au pire moment, c'est toujours comme ça, fait chier, merde ! Ses mots se cognaient aux meubles, aux chaises, ils rebondissaient ; seul le son de sa voix me parvenait, diffus, cotonneux.

Je ne l'écoutais pas. Je pensais aux mots d'Alexandre. À tous ceux qui nous attendaient désormais, même dans les silences. Les mots nouveaux.

Pour les destinations. Pour les aubes. Les découvertes. Les tremblements. Pour la chair. Pour l'appétit. Pour le mal qu'on fait, et qui nous en fait. Pour le sexe. Pour les doigts qui virevoltent. Pour tous les mots d'amour. Et toutes les lignes jusqu'ici infranchies.

La salade a été prête, les pâtes cuites *al dente*, gratinées au Gouda vieux, comme ils les aiment tous, et nous nous sommes retrouvés autour de la table. Les enfants étaient de bonne humeur. Manon parlait de ses projets pour cet été et je pensais que cet été, je ne serais plus là. Louis évoquait un stage d'aquabranche pour Pâques, et je me suis dit qu'une semaine ou deux après son retour, je serais partie. Léa a demandé si nous retournerions à La Baule cet été, et j'ai menti. Olivier a ouvert une seconde bouteille, un vin plus léger cette fois-ci, un rouge du domaine de la Camaïssette. Ses pommettes se sont empourprées, ses yeux brillaient. Je connaissais ce regard. Le petit prédateur. Quand il boit, il fait l'amour de façon brutale. Sa bouche du début, féroce, que je hais.

« Sa grosse langue rouge sur ses babines d'amadou. »

Louis s'est resservi de pâtes. J'ai regardé son geste. Doux. Un peu maladroit. J'ai pensé que bientôt, je ne le verrais plus. J'ai observé ses mains restées fines, presque féminines, malgré l'adolescence ingrate. Je me suis souvenue des caresses qu'il me faisait dans le dos, il y a longtemps, le matin, lorsqu'il venait se cacher dans notre lit. J'ai alors pensé non pas à ce qui allait me manquer, puisque je l'abandonnais, mais à ce que j'allais laisser derrière moi.

La façon dont Manon ramenait sa mèche derrière l'oreille droite.

Le regard flou, quelquefois, de Léa – elle avait toujours la tête ailleurs, là-bas, dans ce que j'appelais *sa poésie*. Sa lippe charmante, moelleuse, dessinée pour les baisers et, un jour, les confidences.

Les canines de Léa, qui étaient en train de pousser, et lui faisaient une bouche de vampire. J'ai regardé son cou. Il n'y a pas si longtemps, il sentait encore le bébé, le Mitosyl, le talc ; son odeur provoquait en moi une montée en flèche de dopamine – cette étonnante petite molécule de l'amour –, et je devenais alors une insatiable anthropophage.

Le rire de Louis.

J'ai observé Olivier. Il s'amusait avec son fils. Mais il ne lui a jamais construit de cabane dans un arbre. Il ne l'a jamais emmené deux jours en camping, au bord d'une rivière, entre hommes, pêche et kayak, boîte de conserve chauffée au feu de bois, tour de garde la nuit pour prévenir des bêtes sauvages. En revanche, à deux cents à l'heure sur l'autoroute avec ses fichues voitures, oui.

J'ai regardé le père de mes enfants et je me suis souvenue de mon coup de foudre, presque vingt ans auparavant, lorsqu'il m'avait dit : vous êtes la femme de ma vie, et je vais vous en donner trente preuves.

De mémoire : le choc qu'il avait eu en me voyant pour la première fois (« Vous avez la grâce d'une jeune femme de Botticelli et j'ai toujours adoré la Renaissance »), la peur de me voir disparaître (« Comment pourrais-je vivre sans beauté ? »), l'envie de partager mes goûts musicaux (« Je n'aime rien de ce que vous n'aimez pas »), la joie que lui procurait mon prénom (« Avez-vous remarqué qu'il se marie parfaitement avec mon nom de famille ? »), notre passion commune des mêmes couleurs (« J'adore votre pantalon bleu », « Je raffole de votre veste jaune », « Le rouge de vos lèvres est une merveille », etc.), son intérêt pour les choses de la météorologie (« Je sais que si je ne vous vois pas désormais chaque matin, j'aurai froid, je serai gelé même, et on me retrouvera congelé dans mille ans »), la possibilité inouïe que, grâce à lui, j'avais de découvrir la route des vins (« Je vous y emmènerai, celle du Jura ou de Provence, je vous apprendrai, et à chaque gorgée de nectar, vous bénirez le ciel de m'avoir plu »), la chance qu'il avait de travailler chez Pierre Fabre (« Je vais faire mettre au point un médicament qui vous fera voir en moi votre prince charmant »), alors la foudre m'avait fait éclater de rire, et les hommes savent bien que le rire est une porte qui s'ouvre.

Ce souvenir m'a amusée et Léa a murmuré que j'étais jolie lorsque je souriais, mais elle a quand même demandé pourquoi je souriais à cet instant précis, puisque plus personne ne parlait à table. Parce que ce silence était beau, ma chérie, ai-je répondu, qu'il était rare. Tu trouves qu'on parle trop ? Non. Et le silence s'est enfui, les pieds de chaise ont claqué, la vaisselle s'est entrechoquée, les enfants m'ont demandé de rester assise, ils allaient débarrasser la table et ranger (traduction : tout mettre en vrac dans le lave-vaisselle).

Ils m'ont soudain fait penser à Flora, Pâquerette et Pimprenelle, les trois petites fées de *La Belle au bois dormant* et, comme elles, se sont envolés d'un coup.

Je me suis retrouvée seule avec mon mari. J'allais bientôt lui dire que je voulais aller dans la montagne. Mais auparavant, juste un soir encore, je souhaitais continuer à aimer ce que j'allais laisser derrière moi.

22

Te souviens-tu, Olivier, de ce que nous nous promettions à nos débuts ?

Être ensemble, toujours, dans la beauté.

Et que si l'un des deux devait finir en un corps inhumain, si l'un des deux avait un jour besoin de l'autre pour manger, pour déféquer, pour se laver, pour essuyer la bave et l'urine, pour ne pas confondre un couteau à désosser avec une brosse à dents, ou la pluie avec les larmes, alors l'autre devait le pousser sous un camion, le jeter du haut d'un escalier, ou lui cuisiner des tartelettes à la mort-aux-rats – le plus facile pour lui.

Nous avions un peu plus de vingt ans, nous venions de nous rencontrer, nous étions beaux, et nous nous faisions des promesses que personne ne tient jamais.

Puis nous avons grandi.

21

Voici Louis, quatorze ans – quelques jours plus tard.

Nous sommes dans sa chambre. Je lui dis je pars. Il me dit que je peux bien faire ce que je veux – c'est ton problème. Alors je précise. Je te quitte, Louis. Je quitte papa. Je quitte tes sœurs. Je quitte la maison, je quitte Bondues, je m'en vais. À cet instant, il lève les yeux de son cher ordinateur. Il me regarde d'abord comme si j'étais folle, il me demande si j'ai bu. Puis il m'observe avec curiosité, il échafaude quelques scénarios possibles justifiant mon départ (maladie, mutation professionnelle, voyage avec Sophie). Puis il me toise avec mépris et comprend que je suis sérieuse. Il hésite, je le sais, entre casser quelque chose (mais il aime trop ses affaires) ou m'injurier, et choisit finalement ce que les hommes font de mieux : nous culpabiliser. Il dit papa est un mec génial, t'as pas le droit de lui faire ça, si tu t'en vas, c'est dégueulasse, dégueulasse, une fois il m'a dit qu'il était super fier d'être ton mari. Et à Léa non plus, t'as pas le droit de faire ça. Elle n'a que douze ans, merde. Je fronce les sourcils, à cause de « merde ». Moi, je m'en fous, dit-il d'une petite voix où la fragilité de l'enfance pointe encore le bout de son nez, et il le répète plus fort parce qu'il n'aime pas sa faiblesse : moi, je m'en fous ! Je réponds je sais, je sais, Louis. Je rêve de lui dire qu'il est un homme maintenant, qu'il n'a plus besoin de moi depuis longtemps, juste besoin d'une cuisinière, d'une femme de ménage, de quelqu'un pour laver son linge, pour repasser son linge, pour ranger son linge, pour mettre sa chambre en ordre, lui acheter de nouveaux vêtements, quelqu'un qui ne s'inquiète pas lorsqu'il met deux heures au lieu de vingt minutes pour rentrer de la piscine, quelqu'un qui remplit le frigo, paye l'abonnement de son téléphone portable, Internet, et l'emmène chez le dentiste pour qu'il ait un sourire qui ne fasse pas rire, qu'il n'a plus besoin d'une maman – mais il commencerait à sangloter parce qu'à quatorze ans, même si on est presque un homme, on est encore un enfant face aux drames, et dans la colère de ses larmes, il crierait t'as qu'à partir tout de suite, ce serait mieux. Je crois que les mères n'ont pas le droit d'être heureuses, ou alors plus tard, après les enfants, après les autres. Je tendrais ma main pour essuyer ses yeux, je lui dirais que je l'aime et je préciserais qu'il ne m'a jamais dit qu'il m'aimait.

Mais je ne prononce rien de tout cela.

Après son « moi, je m'en fous », je lui dis je sais, je sais Louis, et je lui demande pardon. Je ne suis pas quelqu'un de méchant. Je suis une femme à la dérive. Je lui dis que l'amour est un événement à la fois magnifique et monstrueux, et que les plus grands d'entre eux procurent aussi les plus grands chagrins, qu'il y a de la beauté dans le chagrin, qu'il nous pare parfois d'une merveilleuse humanité.

Je lui parle des héroïnes foudroyées, des opéras que j'ai vus avec Sophie et écoutés plus tard avec son père, à la maison – lui, d'une oreille distraite.

Je lui parle de mes larmes quand Othon chante son amour à Poppée, et je lui dis que son père n'a pas pleuré, ni même frémi la première fois qu'il l'a entendu, et lorsque Poppée s'offre à celui qui l'aime plus que tout, il a eu un minuscule sourire que j'ai détesté : un sourire d'homme, une grimace de loup – « Ah ! ah ! La petite chèvre de M. Seguin ! et il passa sa grosse langue rouge sur ses babines d'amadou. »

Je lui dis que je pars par amour. Ses larmes jaillissent enfin.

S'il avait été plus âgé, il m'aurait répondu que ce n'est pas vrai, qu'on ne part pas par amour, mais qu'au contraire on reste par amour.

Et mes jambes ne m'auraient plus soutenue.

20

Je me souviens qu'en quittant la chambre de mon fils ce jour-là, je me suis sentie très sale.

Très laide.

19

— Vous me ferez danser ?

— Oui.

— Tourbillonner ?

— Oui.

— Jusqu'au vertige ?
— Oui.
— Vous me rattraperez ?
— Oui.
— Vous me retiendrez toujours ?
— Oui. Mais pourquoi voulez-vous danser ?
— Parce que lorsqu'il danse, mon corps redevient barbare.
— Alors je vous mangerai.

18

Derrière moi.

Il y a une photo, dans l'escalier, où l'on voit mon père. Il a quinze ans. Il tient un petit chien blanc dans les bras. Le chien semble immobile. Mort, peut-être. Mon père pleure sur la photo. Il n'a jamais voulu l'expliquer.

Il y a la jolie vaisselle de ma grand-mère monogrammée MV – pour Marie Verove. Enfant, ces initiales étaient un grand mystère pour moi. Mon imagination vagabondait. MV. Ma Vie. Magnifique Vaisselle. Mourir Vivante. Mensonge Vérité. Mange Vite. Avec les années, la vaisselle s'est fendillée, décolorée ; des assiettes ont été cassées et, pour deux ou trois d'entre elles, brisées au sol un soir d'orage entre Olivier et moi.

Il y a les livres fatigués que ma mère me lisait, que j'ai lus à mon tour à chacun de mes enfants ; parmi eux l'exemplaire usé, dix fois, vingt fois rescotché, de la lettre de Daudet à Gringoire, poète lyrique à Paris, édition de 1978, publiée chez Fernand Nathan, sur la couverture de laquelle M. Seguin, le front dégarni, les cheveux et la barbe blancs – il porte un jean, une chemise beige à carreaux –, est agenouillé devant Blanquette comme une grenouille devant la Vierge. Il lui tient l'encolure. Sa bouche est tout proche du museau de l'animal ; on dirait qu'il veut l'embrasser, comme on le fait avec les femmes, et ma mère soupirait et s'exclamait :

— Mais où vas-tu chercher des idées comme ça, Emmanuelle !

Il y a des milliers de choses encore, dans l'air, invisibles, le long des murs de la maison, sous les meubles, dans les lits, emberlificotées dans les moutons : des soupirs, des cris, des rires, des naissances, des mensonges, des frôlements et des caresses.

Tout ce qu'on ne peut emporter avec soi, et qui fut soi.

17

Le désastre couve, mais je suis sourde.

Je suis emplie de vent ; mon bonheur est ce souffle ardent qui fait tourbillonner mon corps, qui s'insinue en moi et fait chanter mes lieux non encore découverts ; il me réchauffe comme il devrait le faire pour toujours.

Mais je suis aveugle aussi.

Mon impatience d'Alexandre m'a fait perdre de vue que les vents chauds sont parfois furieux, qu'ils peuvent apporter des orages qui arrachent les arbres, déracinent les maisons ; ce sont des vents qui nous dépouillent et finissent par nous briser.

J'étais, à ce moment-là de ma vie, une caverne immense qu'il allait, jour après jour, remplir de choses belles, précieuses et rares – tout ce qui rend une femme heureuse d'être passée.

D'avoir ri, d'avoir joui, d'avoir dansé sur la Terre.

16

Voici à présent Manon.

Elle pleure.

Elle arrache du mur de sa chambre les photos où nous sommes toutes les deux. Elle les déchire. Elle crie. Elle me traite de menteuse. Elle me traite de débile. De malade. De salope, et pire encore ; et je ne la gifle pas. Elle dit que sa vie vient de s'effondrer. Que j'ai tout détruit, tout piétiné. Que je ne suis pas une mère. Je lui parle de cet inconsolable besoin d'être aimé. Je lui parle du malheur de certaines femmes. De l'arrogance de certains hommes. Je lui dis que le flou du regard de son père ne m'embellit plus, que ses caresses ne m'apaisent plus. Je lui dis qu'il n'a plus peur pour moi, qu'il ne me regarde plus dormir, et qu'il ne me demande plus, le soir, de lui promettre d'être vivante au matin. Je lui parle de la foudre. De mon scénario de court métrage, en classe de seconde. De la mariée tombée amoureuse du petit ami de son témoin, à Berru, le jour de son mariage. Elle proteste. Ses larmes dessinent des griffes noires sur ses joues. Elle dit, mais c'est papa. Il t'aime. Tu ne peux pas lui faire ça. Pas ça, pas après tout ce qu'il a vécu. Tu ne peux pas nous faire ça. C'est horrible. Horrible. Je lui parle du désir, de la gourmandise des femmes. Elle dit que je dis n'importe quoi. Que je suis folle. Que je pourrais peut-être attendre. Un peu. Elle supplie. S'il te plaît maman. Elle jure, papa va te regarder à nouveau comme il faut. Il aura de nouveau peur. Et il pleurera bientôt, lorsque Othon chante son amour à Poppée, il pleurera, maman. Elle me conjure de rester. Elle promet des choses. Je ferai le ménage, les courses, tout ce que tu voudras. Je serai première de la classe. Je ne piquerai plus tes crèmes ni ton maquillage. Je vais te racheter tes chaussures que j'ai abîmées. Je m'occuperai de toi quand tu seras vieille. Je te laverai. Je te ferai à manger. Elle dit qu'elle m'aime et que je ne peux pas partir. Elle ne me demande pas qui est Alexandre. Ce qu'il a, que son père n'a pas. Ni même s'il vaut le bonheur d'une famille. Elle ne me demande pas de quoi est fait ce vent qui m'emplit et me rend folle. Elle pleure. Elle lève les yeux vers moi. Elle a ce regard bouleversant de certains chiots dans les animaleries, qui réveillent toutes nos tendresses, toutes nos faiblesses. Je tends les mains, non pour la sauver, mais pour me sauver. Nous sanglotons dans les bras l'une de l'autre. Nous sommes très tristes. Elle dit qu'elle ne savait pas que j'étais malheureuse. Je lui dis que je ne suis pas malheureuse, mais que je vais être encore plus heureuse – et elle ne me croit pas. Elle demande ce qu'elle a fait de mal. Ce que son frère, sa sœur ont fait de mal. Elle veut savoir si j'ai aimé l'avoir comme fille. Si je l'ai désirée. Si je l'aime toujours. Nous sommes allongées côte à côte sur son lit. Nous avons de longues minutes de silence. De vertige. Je prends sa main et, comme à Louis, je lui explique que je pars par amour. Et un peu plus tard, elle me dit qu'elle ne tombera jamais amoureuse. Qu'elle n'aura jamais d'enfants. Qu'elle déteste les hommes. Elle m'affirme que c'est la pire journée de sa vie. Qu'elle a envie de mourir. Qu'elle a seize ans et que je viens de foutre sa vie en l'air. Et puis elle me souhaite de crever. Fin.

15

Derrière moi – suite.

Il y a leur enfance fissurée. Les marques sur le chambranle des portes de leurs chambres, qui s'arrêtent un 20 avril.

Il y a notre famille.

Il y a des photos des enfants, un peu partout dans la maison. On les voit rire. On les voit se chamailler. Elles me rappellent à quel point une fratrie est friable, à quel point le rôle d'une maman est aussi de cimenter les liens, d'en faire de solides contreforts pour les jours d'orage, comme celui-ci justement, où je détruis ce que j'ai créé, détricote ce que j'ai patiemment noué de beau, de délicat, au nom de mon irrépressible, arrogant désir – « Pauvrette ! avait écrit Daudet, de se voir si haut perchée, elle se croyait au moins aussi grande que le monde. »

Il y a ce que je casse et qui ne se répare pas.

Il y a ce que je prends et qui ne se remplace pas.

Il y a le mal que l'on fait lorsqu'on veut être heureux au-delà des autres, jusque dans leur absence.

Il y a toutes les promesses que je ne tiendrai pas.

Il y a déjà les mots vilains qui s'appliqueront bientôt à moi, et les autres, les mots jolis, ceux qui nous ont liés, qui nous ont jusqu'ici rendus heureux, et que je laisse dans les armoires des chambres, les tiroirs de la cuisine, sur les lits, sur les canapés, pour qu'ils les entendent, parfois.

14

Ce qu'il m'a dit, de sa voix troublante.

— Il y a des termes entre nous qu'il faut faire disparaître, Emma. Comme demain. Comme avenir. Comme lointain. Ou comme toujours.

Mon cœur s'est enfiévré.

Ce qu'il m'a dit encore, en souriant – et son sourire éteignait toutes les lumières.

— Depuis que nous nous sommes rencontrés, je sais que la seule certitude, c'est l'instant. C'est une immensité, l'instant. Il est le seul lieu possible de la jouissance. Le seul moment qui se suffit à lui-même. La durée n'est pas une vertu de l'amour, l'intensité, si.

Encore.

— Je crois que nous avons les mêmes silences, Emma. Les mêmes définitions.

Ma faille narcissique.

Que sa voix remplissait, comme une eau de source, un sortilège, scellant ma soumission.

13

Un homme m'avait reliée à moi-même.

12

Derrière moi – suite et fin.

Il y a Olivier ; son côté Vincent, dans *Vincent, François, Paul et les autres*, qui m'ébouriffait ; cette énergie virevoltante, solaire, ce côté enfant gâté à qui tout souriait, les hommes, leurs femmes, les serveuses, et même moi.

Il y a notre histoire d'amour que nos enfants, ma mère et Sophie pensaient inoxydable ; cette histoire à laquelle j'ai mis fin parce qu'une promesse – une bouche charnue qu'un homme essuyait délicatement – et la brèche qu'elle a ouverte en moi ont modifié le cours de chacune de nos vies ; mais ce n'est qu'à l'histoire que j'ai mis fin, que notre trajectoire que j'ai déroutée, car je savais, même en le quittant, que j'aimais encore Olivier, et que je l'aimerais toujours – d'une autre façon.

Il me semblait cependant que notre amour n'était pas au présent.

Il se nourrissait des choses passées – la séduction, le charme, les engagements – et futures – les espérances. Il regardait vaguement vers l'avenir, et encore, quel avenir ? Le mariage, un jour des enfants. L'aube violette enfin, tortueuse, où nous serions tout à fait seuls à deux. Les petits-enfants. La vieillesse, dont on nous rabâche à longueur d'articles de magazines, d'émissions confondantes de ridicule, qu'elle est la panacée du couple, son sublime achèvement – le calme après les tempêtes. Foutaises. Quel avenir pour les gens qui s'aiment ? Les espérances ne suffisent pas, elles sont la négation de l'instant.

Notre amour n'était pas au présent, et c'est au présent que je voulais vivre, au présent qu'étaient les sentiments, incandescents dans leur urgence éphémère.

Aimer est épuisant, et avec Olivier, je n'étais pas épuisée.

11

« Écoutez, monsieur Seguin, je me languis chez vous, laissez-moi aller dans la montagne. »

10

Sophie agitait des billets de train et d'avion sous mon nez.

— Une blinde, mais je m'en fous. Quand c'est une question de vie ou de mort, je ne suis pas regardante. Départ samedi matin. Train jusqu'à Paris. Taxi. Puis avion jusqu'à Madrid. Aéroport Adolfo-Suárez de Madrid-Barajas. Adolfo-Suárez de Madrid-Barajas, ça a de la gueule, non. Ça sent déjà le Bacardi, les milongas, les danseurs de tango. Ça a une odeur de nuits moites. De peaux grasses. De frissons velus. Retour mardi à l'aube, pour l'ouverture de ta boutique. T'as des petits yeux. T'as encore le parfum du danseur sur la peau. Un ou deux suçons, mais on s'en fout. T'as fait toutes les conneries que tu voulais pendant le week-end – je ne dis pas que je n'en ferai pas une ou deux, moi aussi. En tout cas, ton amie absolue te couvre. Je suis la meilleure assurance-vie du monde. Une douche chez moi, et hop, tu rentres chez toi. Olivier a ouvert un château-de-la-gaude. Il te dit que tu es belle. Qu'il t'aime. Que tu lui as manqué. Tes enfants ont briqué la maison. Ils ne te parlent plus d'acheter un chien jaune ou bleu. Ils ne t'emmerdent plus avec La Baule et les stages d'aquabranche. Tu les regardes et tu te dis, putain, que c'est beau une famille. Répète, Emma. Putain, que c'est beau une famille. Alors tu te dis que t'as bien fait d'écouter ton amie Sophie. Qu'elle t'a sauvé la vie, ton amie.

Rires et larmes. Un orage d'été a éclaté sur mon visage.

Deux jeunes femmes sont entrées à ce moment-là dans la boutique. Sophie les a accueillies. S'est occupée de la vente. Un gilet en maille fine. Rose Mountbatten, taille six ans. Elle les a même convaincues de prendre un petit bonnet qui se mariait parfaitement avec le gilet. Elles sont parties ravies. Sophie, vendeuse du mois ! s'est-elle exclamée en riant, et je suis tombée dans ses bras. Des bras ronds, confortables. Ceux d'une maman. La mienne ne m'avait pas prise dans les siens, elle ne m'avait pas étouffée, pas donné envie de retourner en elle, au lieu de la paix.

— Réfléchis encore, a murmuré mon amie, s'il te plaît. Partons à Madrid, Emma. Je connais tes brûlures, j'ai eu les mêmes. Tu crois que l'amour est une eau, méfie-toi de l'eau. Elle n'apaise pas les feux, au contraire. À leur contact, elle chauffe et elle bout.

9

Je ne peux pas oublier la dernière fois que j'ai vu Alexandre. Parce que c'est ce jour-là que nous avons choisi la date de notre départ mais surtout, parce que c'est le jour où nous nous sommes embrassés – avec l'impatience, la frénésie d'un baiser de gare.

Nous partirions le 20 avril.

Un lundi, au cœur du printemps.

Après un dernier week-end – moi avec Olivier et les enfants, lui en compagnie de sa femme.

Nous aurions chacun un bagage léger, quelques économies. C'était stupide, je sais, puéril mais tellement excitant. Un coup de tonnerre, la foudre, un coup de tête, une vie qui se dilue, comme une aquarelle, une autre qui apparaît. C'était aussi simple que cela. Aussi beau. Aussi définitif.

Et tellement déraisonnable – mais n'est-ce pas la déraison parfois qui a raison ?

Nous avions les mêmes envies de destinations et de climats.

Nous prendrions le train en direction du nord. Des plages sans fin. Des locations bon marché avec vue sur la mer. Une mer grise, et bleue, et noire parfois, tumultueuse comme nos cœurs. Puis plus tard, le nord encore. L'Irlande. La Norvège. L'Islande. Nous rêvions de blanc.

Il écrirait son roman, *Brasserie André*. Nous en serions le sujet. Il serait notre vie.

Et le roman ne s'achèverait pas.

La dernière fois que nous nous sommes vus, nous nous sommes embrassés pour la première fois.

Nous étions dans la cour intérieure de la Vieille Bourse, dissimulés par les arcades à quelques pas de son journal, fébriles, deux adolescents affamés et craintifs. J'en tremble encore. J'aurais pu me contenter de ce baiser. Il comblait certains de mes désirs, quelques-unes de mes faims. Il remplissait momentanément quelques vides. Sa bouche était douce et avide, et j'ai pris cette avidité pour un compliment. Ses doigts ont dansé dans mon cou, dans mon dos, sur ma gorge et mes seins ; ses doigts, légers et gracieux – plus tard, j'ai pensé aux pattes agiles de ces insectes qui dansent sur l'eau. Les gerris. J'aurais pu me repaître de ce baiser. J'aurais dû m'en repaître. Mais j'en voulais tant d'autres. Déjà.

Ce *déjà* qui, à sept ans, m'avait fait grandir d'un coup.

8

« Blanquette eut envie de revenir ; mais en se rappelant le pieu, la corde, la haie du clos, elle pensa que maintenant elle ne pouvait plus se faire à cette vie, et qu'il valait mieux rester. »

7

Je le sais maintenant. Notre besoin d'être aimé est insatiable et nos amours, inconsolables.

6

Sophie a jeté à la poubelle les billets de train et d'avion. Elle a eu ce sourire aussi beau et grave que celui d'Anne Bancroft, à qui elle ressemble souvent, et qui donne envie de lui dire qu'elle est belle, puis elle a dit je te comprends, Emma, j'ai fait la même chose.

Elle a ajouté :

— Quand ça sera fini, quand ton cœur sera en mille morceaux, je t'aiderai à le recoller. Morceau par morceau.

Et elle est partie.

5

Olivier.

Il tombe des nues. Il ne comprend rien. Il casse un ou deux objets dans la maison, avant de se calmer. Il a la peine changeante. Puis il utilise l'argument des enfants. Celui de la menace de sa maladie. Et d'autres encore, principalement la culpabilité – les hommes peuvent être tellement lâches parfois. Il répète dix fois je ne comprends pas, et il jette sa tête dans ses mains, comme un acteur de troisième zone. Il oscille entre l'agression – Qui c'est ? Je vais lui péter la gueule – et le désespoir : Tu ne m'aimes plus alors ? C'est fini ? Il y a des sanglots. Parfois nos mains se frôlent. Je lui dis qu'il n'y est pour rien. Que je cherchais un vertige, et qu'il ne me l'a pas donné. Que j'ai maintenant envie d'être touchée par cet homme, embrassée par lui, mordue par lui, étranglée par lui. Que j'en ai besoin, que ce besoin ne s'explique pas et que je sais que c'est cela qui est odieux : ne pas pouvoir l'expliquer. Il essaie d'avilir mon amour pour Alexandre. Il dit que ce n'est qu'une affaire de cul. Une crise de cul, crise de la quarantaine. La vulgarité surgit souvent lorsque l'emporte la peur. Une bourgeoise qui veut juste se faire mettre. Une saloperie. Il va jusqu'à me traiter de dégueulasse. Alors je lui rappelle que je ne l'ai pas traité de dégueulasse, ni de quoi que ce soit, que je n'ai rien dit lorsqu'il a eu cette aventure avec Caroline. Il se redresse brutalement. Menaçant. Il soutient que je raconte n'importe quoi, que j'affabule, non mais écoute-toi une minute ! Je maintiens. Tu venais de l'engager pour tenir l'accueil de la concession. Tu disais qu'il te fallait une très jolie fille. Que lorsque les clients dépensent cinquante mille, ou quatre-vingt mille, ou parfois même plus de cent mille pour une voiture, ils ont droit au sourire d'une très jolie fille. Et tu as ajouté : d'une très jolie fille qui leur propose un putain de très bon café. Il nie. La troisième chose qu'il casse, c'est maintenant. Il nie plus fort. Elle n'avait pas vingt ans, Olivier. Tu la raccompagnais chez elle, le soir. Elle devait avoir une odeur d'herbe coupée, de printemps humide. Un sous-bois tout neuf. Un parfum désuet de code pénal. Tu rentrais les joues roses, piquantes, pimpantes, comme tu les avais eues avec moi, au début. Il se lève, il tourne sur lui-même comme un fauve encagé. Tu es beau, Olivier. Tu devais être l'homme idéal pour elle. Avec le temps, tu es devenu meilleur amant, un très bon amant même, et sa jouissance nouvelle a été ta petite drogue. Je me suis demandé si tu la baisais dans tes voitures de luxe, ou si tu l'emmenais à l'hôtel. Il serre le poing, mais ne me menace pas. Il crie en articulant : Je-n'ai-ja-mais-cou-ché-avec-elle ! Je lui demande de parler moins fort, à cause des enfants, et le mot même, *enfants*, nous calme aussitôt. Je lui chuchote que je suis désolée – je pense à mon père qui avait demandé pardon à ma mère, sans expliquer pourquoi. Il me parle du mal que je fais. Du mal immense. Il me dit que si je pars, ce n'est pas la peine d'essayer de revenir. Je réponds que je ne reviendrai pas. Il me demande de nous donner une chance. Puis il me prend dans ses bras, et tout est fini.

4

J'étais l'allégresse. J'étais la mélancolie. J'étais le languissement, le grain d'une peau et l'éther.

J'étais la jouissance.

J'étais l'amour.

J'étais sans fin.

3

J'ai changé de coiffure.

J'ai demandé à mon esthéticienne de me faire un maillot brésilien.

J'ai fait un gommage – visage et corps.

J'ai choisi un nouveau parfum.

De la nouvelle lingerie.

J'ai acheté une nouvelle paire de chaussures – des talons plus hauts.

J'ai rangé mon alliance dans le tiroir de ma table de nuit, les années avaient dessiné une cicatrice claire sur mon annulaire.

Les hommes n'imaginent pas tout ce que nous avons à faire avant de nous livrer.

Demain a été là.

Louis a dit, moi je m'en tape. Manon, que j'étais folle, que je foutais sa vie en l'air. Léa pleurait, ses sanglots l'étouffaient, Olivier et moi nous sommes précipités, elle a vomi sa salive, ses larmes, nous l'avons couchée sur le côté, nous l'avons apaisée, linge froid sur le front, caresses dans le dos, jusqu'à ce qu'elle retrouve une respiration à peu près normale.

Plus tard, lorsqu'elle s'est enfin endormie au milieu de nous tous, mon mari m'a demandé une dernière fois de bien réfléchir, a précisé que si je passais cette porte sans lui, sans les enfants, c'était fini – quand on abandonne, on ne remonte pas sur le ring. Les deux grands étaient d'accord.

Je leur ai murmuré que je les aimais. Ils n'ont même pas protesté. Je leur ai promis que nous nous reverrions. Ils n'ont pas demandé quand.

Le froid m'a fait frissonner.

2

« C'est qu'elle n'avait peur de rien la Blanquette.

Elle franchissait d'un saut de grands torrents qui l'éclaboussaient au passage de poussière humide et d'écume. »

1

La conjonction des choses.

Trois mois après notre première rencontre, je marche seule, rue Faidherbe.

Au bout de la rue, il y a la gare.

En marchant vers la gare me reviennent la pâleur de Geneviève dans *Les Parapluies de Cherbourg*, le désenchantement de Guy, leur chanson. Elle entonne : « Reste, ne pars pas, je t'en supplie. » Il répond : « Je pars / Ne regarde pas. »

Les adieux sont toujours violents, comme les retrouvailles. Les corps s'entrechoquent. S'encastrent. La peur inonde tout, et l'on se rassure à penser que c'est en elle que se trouvent parfois la grâce des sentiments, la preuve de leur immanence.

Il fait beau. Je m'installe à la terrasse des Trois Brasseurs, face à la gare, où nous avons rendez-vous.

Je pose mon sac près de moi – oh, il est léger ; on ne commence pas une nouvelle vie avec des valises pesantes. Je commande une eau gazeuse. Non, sans citron, s'il vous plaît, merci.

Il est un peu moins de midi. Nous sommes le lundi 20 avril.

Le serveur pose le Perrier devant moi, glisse le ticket sous la bouteille. Les bulles d'air brillent. Des petits diamants ronds. Argentés. Un collier de perles de mercure.

Mon cœur bat lentement, il est lourd, me fait mal. Depuis l'aube, depuis le moment où j'ai quitté Bondues et laissé toute une vie derrière moi, j'éprouve le même sentiment de naufrage que Geneviève et Guy, sur ce quai à Cherbourg, lorsque la gare s'éloigne du train.

Je l'attends.

Je l'attends et cette boule au ventre m'étouffe, comme la première fois que j'ai entendu chanter Cio-Cio-San dans *Madame Butterfly*, que j'ai ressenti, partagé sa douleur à venir, inévitable, magnifique, une prière, un chant d'espérance broyée : *Vedi ? È venuto !* (« Regarde donc ! Il arrive »)[4].

Mais il ne viendra pas, Cio-Cio-San – et je suis tellement triste pour vous.

Il ne viendra pas.

Combien de rêves de femmes se sont fracassés. L'océan est rempli de corps épuisés de désir : quelques cormorans en arrachent parfois les yeux, et les jettent dans le ciel où ils deviennent étoiles.

C'est dire oui, qui est difficile. Non est si facile. Non, je ne t'aime pas. Non, je n'ai pas faim. Non, je ne crois pas. Je ne suis pas libre, et non, je ne veux pas mourir.

Dire oui, c'est être vivant.

Dire oui, c'est marcher sur la crête du monde. C'est résister aux vents. C'est être le vent.

— Je répondrai oui, Alexandre.

— Alors je vais essayer de ne pas me tromper de question.

Je l'attends.

0

Une jeune fille est installée à deux tables de la mienne.

Soudain, une autre arrive. Pâle. C'est son amie. Elle s'excuse d'être en retard. Ils ont bloqué la Grand-Place, dit-elle. Un type. En V'Lille. Qui s'est fait renverser par un bus. Je crois qu'il est mort. Elle sanglote. C'était horrible. Il est mort, et il avait les yeux ouverts. Il souriait. Le pire, c'est la valise. Il avait une valise avec lui. Elle a volé. Elle s'est ouverte. À l'intérieur, il n'y avait que des choses neuves.

Des chemises emballées. Un pantalon avec l'étiquette. Que des choses neuves.

En m'effondrant, j'entraîne avec moi la table, le Perrier, les bulles de diamants, l'atavique chagrin des femmes, et le rire méchant de Dieu.

DEUXIÈME PARTIE

Pomme de Pin

1

J'ai repris connaissance.

On m'a portée à l'intérieur du café. On m'a fait sentir de la menthe poivrée. Une femme m'a pincé les joues. On m'a proposé une bistoule. On m'a demandé si je voulais qu'on appelle le Samu. Les pompiers. Quelqu'un. Vous avez un mari ? De la famille ? Clignez les yeux si vous m'entendez, madame.

Je n'avais la force d'aucun mot, d'aucun geste.

Sur l'écran de télévision vissé au mur, derrière le comptoir, la journaliste Christelle Massin, très émue, a annoncé, dans le 12/13 de France 3, le décès d'un confrère de *La Voix du Nord*. Un accident de bus, près de la Grand-Place – qui sera rouverte à la circulation vers 13 heures, a-t-elle précisé. Puis elle a rappelé qu'un cycliste tué sur quatre l'est à la suite d'un accident avec un poids lourd, un car ou un utilitaire. La Régie Transpole n'a pas souhaité faire de commentaire.

2

Un homme m'a aidée à me relever. Mes jambes tremblaient, elles avaient une fragilité de verre. J'étais une infirme, soudain. Une femme brisée. Sidérée. J'ai fini par quitter la brasserie. Une voiture a pilé lorsque j'ai traversé la rue, il y a eu un cri. Le sol était de l'eau et la houle me faisait tanguer. Il me semblait me noyer. Je regardais le monde et je voulais hurler. Mes larmes, comme de l'acide, brûlaient mes joues. Dans le hall de la gare, je suis tombée sur les genoux. Je n'avais plus de forces. Les voyageurs pressés me frôlaient, d'autres me contournaient comme si j'étais contagieuse. Une lépreuse de chagrin. Je regardais le monde, agenouillée ; j'aurais voulu que mon père vienne, que ma mère vienne, j'aurais voulu qu'ils me rattrapent et me sauvent, qu'ils effacent cette abomination d'un mot, d'un baiser, comme aux heures bénies de l'enfance. Un employé de la gare m'a dit que je ne pouvais pas rester là et je me suis relevée. J'ai erré dans les courants d'air, les empyreumes des viennoiseries grasses, les effluves du tabac blond de ceux qui fumaient en cachette, derrière les piliers, dans les odeurs de certains hommes, écœurantes et mordantes. Je suis montée dans un TER tagué par les colères et les dénuements, direction Rang-du-Fliers-Verton, avec un arrêt à Étaples, le nord le plus proche. Là où les corps devaient ne plus faire qu'un, jusqu'à la chute magnifique. Les corps affamés. Les corps cannibales.

Le mien, et celui de l'homme pour lequel j'avais tout quitté.

Je me suis assise, effondrée plutôt, sur la banquette de tissu lacérée. Mon corps brisé, inutile et vain maintenant ; mon corps dépouillé avant même d'avoir été comblé.

Les voyageurs ont laissé vide la place libre à côté de moi.

Je suis arrivée à Étaples en début d'après-midi.

J'ai dérivé longtemps le long de l'embouchure de la Canche, un petit fleuve côtier sans grâce, et j'ai haï le rire des mouettes, la musique du vent dans les feuilles des arbres. Et la gaieté d'une mère qui rentrait de l'école avec ses enfants.

Plus tard, épuisée, j'ai pris une chambre simple à l'Hôtel des Voyageurs, place de la Gare – une chambre misérable, à la propreté douteuse, humidité, joints moisis dans la minuscule salle de bains ; une contrition, déjà. Mais je n'avais plus la force de protester, de me défendre. On aurait pu me voler, me battre, me tuer, je n'aurais amorcé aucun geste, je n'aurais émis aucun son.

J'aurais même souri, je crois ; articulé un merci.

Je me suis affaissée sur le couvre-lit beigeasse – et mon esprit m'a quittée, s'est posé au plafond pour observer mon corps disparaître dans sa nuit.

J'ai dormi trente heures.

J'étais affamée en me réveillant, et je ne sentais pas bon. Douche tiède, shampooing à la savonnette. Une tête de folle.

À la réception, j'ai regardé, les yeux rougis, gonflés, les prospectus touristiques en buvant une tasse de mauvais café. Mon ventre faisait des bruits de bonde. Faut manger quelque chose, a suggéré la patronne. Reprendre des forces. Je lui ai juste demandé où était l'arrêt du bus 513. Celui qui allait à Cucq. J'ai payé les deux nuits, et je suis partie, le pas lourd. Une veuve.

Dans l'autocar, mon front cognait contre la vitre et j'ai rêvé qu'il s'ouvre et que s'échappe mon âme, qu'elle le rejoigne, mais il y a fort peu de clémence pour ceux qui restent.

Je suis descendue à Cucq. J'ai marché jusqu'au camping Pomme de Pin.

Et là, j'ai rencontré Mimi.

3

Les mots de Christelle Massin avaient été violents. Un angle mort. Il était mort dans un angle mort. Il avait été invisible aux yeux de quelqu'un, alors que moi je n'avais vu que lui.

4

J'ai appelé la femme d'Alexandre.

La voix brisée, je me suis présentée comme une collègue de *La Voix du Nord*, de la rédaction de

Saint-Omer, je me suis excusée de ne pouvoir venir à l'enterrement. Je lui ai dit que j'étais bouleversée. Que j'étais triste. Son timbre était haut, acéré, à la lisière de l'hystérie. Il m'a quittée, a-t-elle rétorqué. Et elle a répété, il m'a quittée. J'allais répondre que je le savais, que… Il m'a quittée, alors qu'est-ce que vous voulez que ça me fasse ?

Elle a raccroché.

Plus tard m'est revenu ce fait divers publié dans le journal *Libération*, il y a plus de vingt ans. Une femme se réveille. Met ses lunettes. Son appareil auditif. Son mari n'est pas auprès d'elle dans le lit. Elle l'appelle. Il ne répond pas. Et lorsqu'elle s'apprête à descendre à la cuisine, elle découvre le corps de son époux, immobile, en bas de l'escalier. La tête fait un angle improbable. Il est habillé, porte ses chaussettes. Ses chaussures sont près de lui, une valise aussi. Il la quittait. Il a glissé.

5

« Un jour, elle se dit en regardant la montagne :

— Comme on doit être bien là-haut ! Quel plaisir de gambader dans la bruyère, sans cette maudite longe qui vous écorche le cou !… C'est bon pour l'âne ou pour le bœuf de brouter dans un clos !… Les chèvres, il leur faut du large. »

La longe – sa disparition.

6

Michèle Morgan.

Mimi était la patronne du camping. Elle m'a aussitôt corrigée. Pas camping, mon petit, hôtel de plein air, c'est comme ça qu'on dit maintenant, a-t-elle insisté : *hôtel de plein air.*

Elle était assise sur un fauteuil pliant Piccolo lorsque je l'ai vue pour la première fois.

Elle tricotait une laine couleur potiron, un pullover apparemment, une longue cigarette éteinte, un peu fripée, pincée entre ses lèvres. Elle a levé la tête vers moi, m'a dévisagée avec cette acuité qu'ont certains hommes lorsqu'ils jaugent les filles ; moi : cheveux de folle, emmêlés, teint livide, allure grotesque, un sac léger au bout du bras, une nouvelle vie à l'intérieur. Chagrin d'amour ? a-t-elle lancé. Pire, ai-je répondu.

Elle m'a invitée à déplier le fauteuil à côté d'elle, à m'y asseoir.

Puis elle est restée silencieuse et au bout d'un long moment, j'ai demandé :

— Vous n'allumez pas votre cigarette ?

— Cela fait dix ans que je ne l'allume pas, mon petit. Qu'est-ce que vous voulez, je suis une nostalgique de cette élégance-là. Mes grisettes, lorsqu'elles arpentaient le soir les digues de Stella ou les abords de la forêt du Touquet, l'anse du faux Kelly dans le pli du coude, la cigarette à la main, l'incandescence ressemblait à un petit rubis. Ça faisait son effet et les hommes rêvaient. En ce qui me concerne, j'ai dû arrêter à cause d'un souci respiratoire, et j'ai hérité de ces rondeurs inutiles, une quinzaine de kilos, au bas mot.

Elle a regardé mon corps dévasté et a eu un sourire triste.

— Alors oui, je garde ma cigarette, elle me rappelle les jours où on me donnait du Madame, où on me regardait de loin, avec gourmandise. Vous voulez rester combien de temps, vous et votre chagrin ?

— Quelques jours.

J'allais rester presque une année.

Mimi m'a alors proposé un petit mobile home pour deux – *pour deux*, je suis désolée, mon petit, aucune arrière-pensée ; et lorsque j'ai voulu la payer, elle a haussé les épaules en précisant, la cigarette éteinte aux lèvres, c'est mon cadeau, entre sœurs de chagrins.

Et elle a ajouté, pour que je n'insiste pas :

— Moi aussi, j'ai connu le pire. On m'appelait Madame du temps de ma splendeur, maintenant c'est Mimi, parfois Michèle. Vous savez que Michèle n'est pas mon vrai prénom ? On disait que je ressemblais à Michèle Morgan, oh, vous ne devez pas connaître, une actrice d'après-guerre. On disait que j'avais son élégance, ses traits de sculpture, son teint de marbre blanc, ses yeux si clairs et son regard grave. « T'as de beaux yeux, tu sais », eh bien, c'étaient ses yeux à elle, dans *Quai des brumes*, un regard qui a rendu Gabin fou d'amour. Une femme belle et froide à la fois, attraction, répulsion, tout ce qui fascine et effraie les hommes. Comme moi, semble-t-il. C'est une sorte de duc désargenté, un petit nobliau ruiné qui a remarqué cette ressemblance, il y a de nombreuses années, un soir de fête privée, et dans un excès de Ricard, une excitation alcoolisée, un slow comme on disait, il a dit : « T'as de beaux yeux, tu sais », et depuis on m'appelle Mimi, Michèle, les jours où mon côté froid s'évapore, les jours où ils osent s'approcher. Mon vrai prénom, c'est Valentine. Un prénom de femme fidèle. D'une à qui la chance sourit. Mais la beauté de l'actrice ne m'a pas porté chance ; c'est comme la lumière, la beauté, elle attire les phalènes, les bêtes de nuit, les rêveurs, les doux, les peureux, les monstres et les cannibales. J'ai tout côtoyé, mon petit, et dans ma partie, j'en ai vu, j'ai vogué dans le cœur des hommes comme une chaloupe, secouée par leurs doigts crochus, peu sont caressants, croyez-moi.

Elle a posé son ouvrage sur les genoux, elle a pris la cigarette entre ses doigts, l'a longuement regardée.

— Rassurez-moi, vous n'avez pas d'allumettes avec vous ?

J'ai souri, pour la première fois depuis Les Trois Brasseurs, un sourire fatigué.

— Non. Je n'ai pas d'allumettes. Et j'ai le cœur éteint, aussi.

— C'est quoi votre prénom ?

— Emma.

— C'est quoi ton histoire, Emma ?

7

Je l'ai observée, plus tard, sa cigarette éteinte aux lèvres, et la ressemblance avec l'actrice, celle de *La Symphonie pastorale*, des *Grandes Manœuvres* et du *Chat et la souris*, était bien là, sous les kilos superflus ; elle apparaissait au détour d'un regard vague et perdu, d'un sourire fugace, une beauté un peu surannée, abîmée, desséchée par les chagrins et le vent salé qui fouette parfois ici, un authentique trésor, et j'ai compris, avec le temps, qu'elle réservait ce sourire au prince qui, un jour, lui offrirait le bon bouquet de mots – ceux qui innocentent les hommes.

8

Où danses-tu, Alexandre ? Sur quelles étoiles ? Au bord de quels précipices ?

Me vois-tu ? M'entends-tu ? Me caresses-tu quand je dors ? M'aimes-tu toujours ? Quelles notes chantent à tes oreilles ?

Te souviens-tu de la chaleur de ma peau lorsque tes doigts l'ont si brièvement touchée ? Reviendras-tu ?

Où es-tu ?

Je suis de celles qui peuvent mourir de chagrin.

9

Le matin, Mimi m'apportait le café.

Un café fort et moussu, préparé par l'Arménien, avait-elle précisé le premier matin, un transi, qui hésite entre m'appeler Madame ou Michèle, un respectueux, patient, qui ne connaît pas Michèle Morgan et rêve de fiançailles malgré notre grande différence d'âge.

Puis elle s'asseyait devant mon mobile home, à côté de moi, elle sortait son tricot d'un vilain sac recyclable de supermarché, et reprenait ses mailles, l'aiguille calée sous le bras, la cigarette éteinte aux lèvres, et la première fois, j'ai pensé que c'était bien que sa cigarette ne soit pas allumée parce qu'une cendre, en tombant sur le tricot, aurait risqué d'y faire un trou. Ces matins-là, dans le silence, entre les brûlures du café dans ma bouche et des ronces dans mon ventre, je lui racontais mon histoire. Je lui ai parlé de toi, de tes lèvres et de ta voix. Je lui ai parlé de mon désir fou d'aller dans ta montagne. De ma joie immense, inattendue. De mes frissons, la nuit, alors que je dormais encore auprès de mon mari. Parfois, je voyais Mimi sourire, et son sourire était très beau et je comprenais la peine des hommes. Parfois, elle opinait doucement de la tête et s'arrêtait de tricoter, pour un instant. Elle s'évadait. Je lui ai raconté notre lent chemin, Brasserie André, nos premiers mots, nos doigts si proches que les tiens auraient pu glisser en moi, me déchirer comme une feuille de papier, et que c'est ce dont j'avais alors rêvé, être déchirée par toi comme une feuille de papier et m'envoler, légère, comblée, accomplie, comme la petite chèvre. Je n'ai pas encore osé parler du bus, de l'angle mort, mais Mimi devinait je pense, je connais les tragédies, a-t-elle dit, je sais depuis longtemps que la foudre finit en cendre, et j'ai alors pleuré parce que je ne savais pas si ton corps était sous terre, où ta femme l'avait jeté, et s'il était redevenu poussière, déjà. Je lui ai parlé de mes enfants. Tout d'eux me manquait. Leurs visages, leurs odeurs, leurs mains, leurs rires, leurs mots. La méchante rainette les avait abandonnés. Elle ne pouvait pas rentrer maintenant, toc, toc, toc, une demande de pardon aux lèvres, pardon, pardon, et dire, me voilà, je reviens, je reviens parce que je suis seule, parce qu'Alexandre est parti, parti sans moi, *qu'il m'a emmenée sans m'emporter, qu'il m'a tenue sans me prendre*[5], parti sans m'avoir consumée ni dévorée à l'aube. Je reste incomplète, Mimi. Elle a pris ma main, m'a demandé de tendre le bras vers elle et y a fait glisser une manche en point de blé, qui était un peu longue pour moi, puis elle a souri, elle a dit ça devrait aller, merci Emma, tu peux reprendre ton bras, et elle a repris son ouvrage.

10

J'étais, dans ce temps, la laideur même du chagrin. Je portais aux pieds des pierres lourdes et coupantes.

Je dois dire que je voulais alors me trancher la langue, être muette et presque sourde, vaine et invisible ; être une simple eau claire de forêt, un clapotis évaporé.

Un frisson, et puis du vent, et puis plus rien.

11

Le fils est l'avenir du père.

M. Boghossian – l'Arménien – m'a dit avoir lu dans le journal que le chauffeur du bus avait tenté de se suicider. De la même manière que le peintre Bernard Buffet. C'est son fils de quinze ans qui l'a sauvé en faisant des trous dans le sac plastique, avec son index, comme un poignard.

12

La peine des hommes que l'on quitte est souvent de courte durée.

Bien sûr, ni Manon ni Louis ne répondaient à mes messages téléphoniques ou à mes textos.

J'étais une rainette. Cette petite horreur mucilagineuse qui abandonne ses têtards.

Heureusement, j'avais de temps en temps de leurs nouvelles par Sophie. Mes enfants l'adoraient. Elle passait plusieurs fois par semaine à Bondues. Elle les gâtait, comme des petits orphelins. Des Merveilleux de Fred, rue de la Monnaie. Des mercredis après-midi de shopping. Des bijoux fantaisie pour les filles. Des films de garçon au cinéma. Manon avait fait percer d'autres trous dans ses oreilles, une petite guirlande brillante, avait dit Sophie, et ça lui va très bien, crois-moi, c'est très joyeux, pas vulgaire du tout. Louis s'était battu à l'école, rien de grave, une bousculade de gamins, une crânerie. Dis-moi si je leur manque, Sophie, et sinon, mens-moi, je t'en supplie. Léa te réclame, Emma, c'est la seule qui demande de tes nouvelles et veut savoir si tu es heureuse avec le « monsieur ».

Le monsieur.

Je suis restée silencieuse.

— Emma ? Emma, ça va ? a demandé Sophie.

Mon amertume était une tempête. Elle emportait certains mots. Les fracassait. Même avec mon amie absolue il m'était encore impossible de les prononcer. Ils poussaient en moi pourtant, mais ils déchiraient tout sur leur passage, comme des ronces, et lorsqu'ils parvenaient au seuil de ma bouche, je devenais aphasique. J'avais même confié à Mimi qu'ils tisonnaient ma douleur, ces mots, et elle m'avait répondu que dire, c'était gommer parfois, c'était alléger.

— Emma ? Tu es encore là ?

Je n'ai pas pleuré. Pas même sangloté. J'ai dit oui. Oui Sophie, je suis encore là, mais je ne vais pas bien. Elle a soupiré. Elle a dit je suis désolée, sincèrement désolée, je dois t'avouer quelque chose qui ne va pas t'arranger. Caroline. Tu sais bien, la très jolie fille qui propose un café aux clients de ton mari, eh bien, elle est là le soir, et elle file à l'aube, avant que tes enfants ne soient levés. Ils la trouvent super sympa. Louis est amoureux d'elle, il prend une douche par jour. Olivier ressemble à un adolescent, yeux fiévreux, lippe affamée. Ce week-end, ils sont tous descendus jusqu'à Chambord pour essayer un nouveau 4 × 4, je crois, et en rentrant, Léa m'a raconté qu'elle avait vu le château de Peau d'Âne.

Mes ronces, de nouveau.

Comme des lames de rasoir.

Mon effarement.

Je n'ai même pas hurlé.

Tout s'est confondu, affolé en moi. À l'autre bout du fil, Sophie a crié :

— J'arrive !

13

« Cependant, il ne se découragea pas, et, après avoir perdu six chèvres de la même manière, il en acheta une septième ; seulement cette fois, il eut soin de la prendre toute jeune, pour qu'elle s'habituât à demeurer chez lui. »

14

La nuit, je marchais sur le sable froid de la plage, à quelques kilomètres du camping. La mer grondait et il me semblait entendre les voix de mes fantômes.

Je rentrais à l'aube.

M. Boghossian – sous le visage mangé de barbe, il devait avoir mon âge – m'initiait à l'art de la préparation du café arménien : dans le *gezvé*, porter à ébullition le café moulu très fin, le sucre et l'eau, et recommencer plusieurs fois ; ces matins-là, c'est moi qui l'apportais à Mimi.

Mes aubes n'avaient plus la tiédeur des caresses du soleil, de temps en temps, ou des mains d'un homme sur mon sexe humide. Elles étaient froides. Elles ne s'éveilleraient jamais avec son sourire désarmant, sa bouche parfaite, dessinée pour moi.

Je ne parvenais pas à le laisser partir.

Le sel de la mer et de mes larmes avait commencé à creuser mes joues et ma peau s'était fendillée par endroits.

15

Je sais maintenant que le deuil est un amour qui n'a plus d'endroit où se loger.

16

Le temps s'étirait, hors du temps.

L'hôtel de plein air commençait à se remplir dès les premiers beaux week-ends. Familles des environs – Desvres, Azincourt, Marquise – prisonnières d'appartements étriqués sans balcon, voisins bruyants, et retraités, par deux ou tout seuls, pituitiques, anciens fumeurs à la recherche de bon air, de vent salé, de noroît frais, et surtout de gens à qui parler, parce que la solitude, ça fait disparaître du vocabulaire des phrases entières, tout comme trop de temps passé avec la seule compagnie de l'autre.

Ces jours-là, j'aidais Mimi à l'épicerie du camping, et surtout à la friterie.

Le soir, je sentais la saucisse et la Végétaline.

Le soir, j'avais les cheveux gras, la peau brillante, huileuse.

Le soir, après la fermeture, elle reprenait ses aiguilles, nous buvions chacune un verre, moi de vin, elle de Marie Brizard, un alcool de dame, avait-elle dit, trop sucré pour se laisser avoir à en reprendre, même si, selon M. Boghossian, les nuits de grand chagrin, il lui arrivait d'aimer le sucre. Elle me parlait alors du temps où on l'appelait Madame, où les hommes avaient le désir poli.

Le soir, je pleurais encore.

Ce soir-là, je lui ai parlé de ce que j'avais perdu et que je voulais retenir. Cette existence abrégée qui m'avait frôlée sans me ravir. Ce présent fugace que j'avais rêvé éternel. Mon immolation dans l'instant – l'instant, qui est le seul lieu de bonheur possible, il me l'avait appris, il m'en avait convaincue et je l'avais cru.

J'avais sauté dans le vide pour ça.

Je n'avais plus de vin alors Mimi a posé son tricot et m'a tendu la bouteille de liqueur. Laisse les choses s'envoler, mon petit. Il y a une joie parfois à ne pas les retenir. Nous avons trinqué, elle dans le vide du monde, dans le souffle turbulent du vent, et à moi il m'a semblé dans ce souffle entendre les mots bouleversants de Poppée avant qu'elle ne s'offre à Othon, les mots de tous les amants perdus, tous les désirs mutilés, tous les amours saccagés, et j'ai pensé au brasier dans mon sein.

— Laisse le mot s'envoler, Emma, laisse-le.

Et, assise devant le mobile home, sous le ciel qui tournait maintenant à l'orage, dans le vent qui faisait se disperser le sable, les papiers, les ballons des enfants, les foulards des femmes, le linge qui séchait, je me suis laissé cueillir par la tempête, je me suis envolée, et en bas, sur la Terre, j'ai vu Alexandre me rejoindre en vélo aux Trois Brasseurs, sa petite valise calée dans le panier, j'ai vu sa main prendre la mienne, comme on prend un bouquet, j'ai vu ma joie et ma gravité lorsque je lui ai dit oui, oui, je le veux ; plus tard, j'ai vu mon corps nu et son corps nu, je les ai découverts avides et beaux ; ils avaient fusionné, comme le fer, l'eau et le mercure, alors j'ai vu notre nuit transfigurée, j'ai ressenti comme une lame me transpercer lorsque le mot s'est insinué en moi, au travers des ronces, qu'il a éclos sur mes lèvres, et j'ai enfin prononcé les mots, il est mort, et j'ai répété, plus fort, pour qu'en bas Mimi m'entende, il est mort, et je suis tombée du ciel, le visage dans le sable, et Mimi a bondi et ça a été le noir.

17

Mais je suis restée vivante. Il faut bien des blessés pour témoigner.

18

Sophie est arrivée en fin d'après-midi.

Nous nous sommes attardées longtemps dans les bras l'une de l'autre. Silencieuses. Puis elle m'a considérée. Elle a découvert mon teint crayeux, malgré l'air de la mer. Mes cernes. Elle a porté la main à sa bouche en apercevant mon corps amaigri, mes seins que j'avais lourds, si légers soudain, elle a pris ma main et sa main tremblait, elle a essayé de sourire et des larmes lui sont montées aux yeux.

Alors je lui ai dit qu'Alexandre était mort il y a un mois, et elle a hurlé.

Mimi a accouru, M. Boghossian sur ses talons, il a cru à une bagarre ou je ne sais quoi, *dzer darikin !* a-t-il bougonné, *dzer darikin ! à votre âge !* Mimi a ôté la cigarette éteinte de sa bouche, il ne faut pas me faire des frayeurs comme ça, les enfants, il y a des petits ici, et un retraité de Saint-Omer, récemment veuf, un sensible – votre hurlement pourrait leur donner des idées de cauchemars. Sophie s'est excusée. Mimi a eu un sourire de cinéma, une redoutable tendresse, ainsi c'est vous l'amie, l'amie absolue, bienvenue chez moi, apéro dans une heure, il faut toujours fêter les retrouvailles, on ne sait pas combien de temps elles durent.

Elle a pris le bras de M. Boghossian, avec une élégance timide, un air de Duchesse dans *Les Aristochats*, et ils se sont éloignés.

Elle m'avait un soir confessé que certaines nuits, les nuits de grands chagrins justement, elle l'accueillait sous ses draps et le laissait s'émouvoir, s'émerveiller, elle le laissait parler des volcans de son pays en découvrant la géographie de son corps, elle riait de ses impatiences, de ses grâces, *anouchig'ig ! tu es belle !* elle le laissait mentir, m'avait-elle dit, *anouchig'ig !* et je lui avais rétorqué que moi aussi je la trouvais belle, et elle avait soupiré, non, eux ce n'est pas pareil, je leur rappelle quelqu'un, c'est tout, mais ils ne savent pas qui. Elle avait ri. Leur mère, peut-être ! Leur vieille mère.

Sophie a essuyé ses yeux, m'a regardée, m'a demandé comment. J'ai répondu, un bus. Près de la Grand-Place. Ah, c'était lui alors, je m'en souviens. Quelle horreur. Quelle tragique inutile petite horreur. Rentre avec moi, Emma. Tu t'installes à la maison, tu ne peux pas rester là, dans une caravane, une maison de plastique, tu dois rentrer, leur dire, ils comprendront, ils pardonneront.

Je l'aime encore, Sophie. Je l'aime toujours.

Mon amie absolue m'a alors pris dans ses bras, elle a eu un sanglot, aussitôt réfréné par un rire. L'effroi produit de curieux mélanges.

— On va boire ce soir. J'ai apporté du vin. Et demain, tu rentres avec moi.

19

— Allo ?

— C'est maman, Louis.

Clac.

20

L'apéro.

Mimi nous a rejointes avec sa cigarette éteinte dans une main, plantée dans un très long porte-cigarette – Audrey Hepburn avait le même, a-t-elle précisé –, une bouteille de Marie Brizard et des chips – fromage et paprika – dans l'autre. Cela permet d'éponger un peu, a-t-elle dit, l'œil brillant. Des bergamotes de Nancy aussi, qu'un client lui avait offertes. Nous avons trinqué toutes les trois, elle avec sa liqueur à l'anisette, nous au château-roubine, une des bouteilles qu'avait apportées Sophie, arômes d'épices et de garrigue, un vin éclos sur la route du Dracénois, à l'est de Lorgues, cette route des vins que nous aurions dû parcourir ensemble, Olivier et moi, au temps où il promettait de m'émerveiller chaque jour.

Nous avons parlé de tout, de rien, nous avons chanté des idioties, nous avons ri pour des bêtises, à cause de l'alcool, à cause d'un papillon de nuit autour de la lampe – on dirait l'Arménien quand il me tournicote autour, qu'il cherche à envahir mes territoires –, nous avons ri parce que deux types, en passant, nous ont proposé une partie de pétanque et que Sophie, hilare, ivre déjà, leur a répondu que quatre petits cochonnets pour trois belles femmes comme nous, quoi, belles ? sublimes, oui, fallait pas rêver, hein les gars ; et nous leur avons quand même offert un verre de vin, histoire de rester des dames, a dit Mimi, des classieuses, et Sophie s'est laissé embrasser, oh, un baiser rapide, aimable, une langue fugace, une main audacieuse sur le cou, une autre sur un sein, elle a dit t'es beau toi, en le repoussant gentiment, et ils sont partis, heureux. Il n'y avait plus de chips, et même cela nous a rendues hilares.

Sophie a parlé des hommes – s'ils viennent en courant, ils repartent aussi vite. Curieux, l'a interrompue Mimi, parce que avec votre visage délicat, un minois de chatte fatale, avec votre cou fait pour les colliers, les cadeaux précieux, et votre petit corps charmant, gracieux, c'est en rampant que les hommes devraient venir vers vous, ma chère, en rampant. Deuxième bouteille. Un saint-martin. Robe sombre, reflets rubis, notes de cacao et de réglisse. Il a du poil, ai-je commenté, très professionnelle, mais c'est tombé à plat. Trois mariages, a précisé Sophie en pouffant, et je ne sais toujours pas les garder, les hommes. Ma mère disait qu'ils viennent pour l'amour, qu'ils restent pour la cuisine. Mimi s'est resservi son alcool blanc. Ses yeux magnifiques, si clairs, brillaient – deux étoiles tristes, maintenant, lointaines. Ce qu'ils aiment surtout, a-t-elle rétorqué, c'est découvrir les autres femmes, les déguster. Ils ne peuvent pas s'en empêcher. C'est la nouveauté qui les attire. Les embruns inconnus. Les grains de peau nouveaux. Les impasses gourmandes. Ce sont tous des enfants dans un magasin de confiserie. Ils veulent tout goûter. Plonger leurs doigts dans tous les bocaux. Ils avaient de ravissantes friandises à la maison et ils venaient quand même dévorer mes filles.

Nous avons ri toutes les trois, mais derrière celles de la légèreté, nous percevions des notes plus sombres. Le vin essayait de me rendre drôle. Avec moi, ai-je dit, pour être certains de ne pas revenir, les hommes préfèrent mourir. Ça n'a pas été drôle du tout. Ça a même eu l'effet d'une grande vague salée. Un désaoulement général. Mimi a de nouveau rempli son petit verre, l'a bu cul sec et l'a reposé sur la table, comme un coup de poing. Tu ne peux pas rester là à boire et ne rien faire, mon petit, ça ratatine et enlaidit. Sophie a hoché la tête, l'air idiot, comme les chiens sur les plages arrière des voitures dans mon enfance. Tu ne peux pas non plus rentrer à Bondues, a-t-elle dit, le doigt en l'air, c'est délicat maintenant.

Je l'ai coupée. Caroline, je sais. C'est qui cette Caroline ? a demandé Mimi. Un bonbon au poivre, a répondu Sophie dans un bref fou rire. J'ai posé mon verre, j'ai regardé les yeux clairs de Mimi ; quand j'étais petite, lui ai-je dit, mon père le soir me parlait de vacances, d'évasions, il faisait même des bruits d'eau et de vent avec sa bouche pour me rendre les choses plus réelles, l'ascension de la barre des Écrins, le canal du Midi en bateau, le zoo d'Anvers pour y voir un tigre, une épouvante, pour me montrer la peur d'un homme, et même juste un après-midi avec lui, aux Ateliers mécaniques où il travaillait. Mais nous ne sommes jamais partis nulle part. Il avait toujours une urgence, une absence. Et quand il est parti, c'est sans moi, comme Alexandre. Sophie avait piqué du nez. Mimi a rempli mon verre de ce qui restait de la bouteille, je vais trinquer avec toi au voyage que tu vas faire en terre flamande, mon petit, on y découvre des cours d'eau poétiques, de vrais hommes, langue gutturale, accents hollandais, poitrine de taureau, des rugueux, qui sentent le varech, des descendants de Vikings, sauvages, impatients, tu vas aller là-bas voir ton tigre, Emma, et tu vas les laisser partir, ton père et Alexandre. J'ai voulu protester. Mimi s'est levée, elle a porté le long fume-cigarette à ses lèvres, comme une aiguille qui allait les coudre, et juste avant, elle a dit, il n'y a pas toujours de la lâcheté dans un départ, il y a aussi l'espoir d'une arrivée.

Puis elle s'est retournée dans un mouvement d'une telle élégance que j'aurais juré qu'elle portait une ébouriffante robe de bal.

21

Sophie est repartie le surlendemain, après une journée et une nuit au lit, une boîte entière de Doliprane 1 000, et un potage léger qu'elle n'a pas gardé. Dans les jours qui ont suivi, les vacanciers sont arrivés. M. Boghossian faisait la circulation à l'entrée de l'hôtel de plein air, Mimi indiquait à chacun son emplacement, elle donnait les instructions et présentait les activités : toboggan et balançoires pour les tout petits ; tables de ping-pong, mini-golf, flipper, jeux de fléchettes, pétanque et, j'espère que chacun d'entre vous appréciera, surtout les messieurs, un inter-camping football avec remise de prix. Randonnées possibles. Soirées à thème : country, carnaval, couscous, karaoké. Tout est affiché.

Je suis restée tout l'été.

Le soir, je travaillais. J'étais Madame Frite, comme un personnage de Roger Hargreaves, dont j'avais lu les histoires à mes enfants.

Dans la journée, je marchais jusqu'à la mer. Je longeais parfois la plage vers le nord, jusqu'au Touquet, ou vers le sud, Merlimont, Berck, Fort-Mahon-Plage.

J'essayais d'enfouir mon chagrin dans le sable, dans des trous plus grands encore que la taille d'un homme mort – je me souvenais des jambes de mon grand-père qu'il avait fallu briser parce que le cercueil était trop petit –, et parfois des enfants s'approchaient. Tu construis un château ? Je peux vous aider ? Tu fais quoi ? Un après-midi, j'ai pris l'un de ces enfants dans les bras. Je lui ai chuchoté des prénoms qui n'étaient pas le sien. Manon. Louis. Léa. J'ai touché sa peau, reniflé son cou, léché ses doigts. Il a hurlé, sa mère a accouru, l'a arraché à moi en me traitant de folle, l'écume aux lèvres, ça devrait être interdit des tarées pareilles.

Certains jours, assise sur le sable, je regardais la mer en me demandant combien de temps je tiendrais à sa surface brillante, tout en nageant vers l'infini. « Non pas qu'elle eût l'espoir de tuer le loup, les chèvres ne tuent pas le loup – mais seulement pour voir si elle pourrait tenir aussi longtemps que la Renaude… » Et un pêcheur dont l'arthrose avait transformé les doigts en pinces d'étrille me donna la réponse : perte de connaissance au bout d'une heure, peut-être deux. Temps de survie, entre une et six heures – six heures pour un gars comme Teddy Riner, ma p'tite dame, pas pour une crevette, ah, ah.

Certains jours, assise sur le sable, je pleurais.

Alors je courais dans la mer noyer mes larmes et je sais, depuis, pourquoi la mer est salée.

22

Une nuit d'août.

D'après le rapport Hite de 1976 – de mémoire –, l'inconnu est le fantasme numéro un. Mais un inconnu bienveillant.

Il était entré alors que je fermais la friterie, un samedi soir épuisant : près de deux cents frites servies, autant de bières, cinquante limonades. J'allais lui préciser que. Mais il m'a interrompue. Il a dit, avec une moue gourmande, qu'il aimerait un dessert. Et que ce soit moi. Le dessert. J'ai souri. Je ne l'ai pas regardé. J'ai dit je ferme et je m'ouvre à vous. (Trois premières fois : un inconnu, cette excitation et le minable jeu de mots.)

Cela a duré moins de quatre minutes, derrière la bicoque. Il s'est retiré juste avant de jouir. Avant de partir. Je suis restée là, quelques instants, seule, son sperme tiède sur les reins, et je me suis mise à rire. Un rire incontrôlable. Puis les larmes s'en sont mêlées. L'inconnu n'avait pas comblé mon vide. Il l'avait juste ravivé.

Et j'avais pu mesurer à quel point il était abyssal.

23

Joyeux anniversaire.

J'avais quarante ans. Un mari qui fréquentait une très jolie fille de vingt ans. Trois enfants formidables qui ne me parlaient plus. Je vivais depuis plus de trois mois dans un mobile home pour deux, à Cucq, commune de treize kilomètres carrés dans le Pas-de-Calais. Mimi m'a offert une écharpe et un bonnet, une fausse maille anglaise, une laine très douce, ici le vent est traître, a-t-elle expliqué en levant les yeux au ciel, il surprend comme une injure, M. Boghossian m'a tendu un gâteau à la muscade, il nous aime grasses, a ri Mimi, et ma mère m'a appelée – je l'ai déjà dit, elle ne rate jamais aucun de mes anniversaires. Olivier est catastrophé. Un garçon si gentil, tellement amoureux de toi. Tes enfants dépérissent, Emmanuelle. Même les dames de la tournante sont effondrées. On ne parle toujours que de cela. On lit, pour essayer de comprendre. *La Lettre écarlate. Madame Bovary. Ethan Frome.* Mais on ne comprend pas. Personne ne comprend, et c'est cette incompréhension qui me rend folle. J'espère que le remords t'empêche de dormir, que tu as perdu l'appétit parce que personne ne devrait pouvoir dormir et manger après pareille abomination. J'ai pensé un moment que tu faisais peut-être une périménopause, et que tu avais eu envie de plaire, une dernière fois. Ne ris pas. Je sais de quoi je parle. Tu crois que c'était facile avec ton père ? Il faut que tu rentres, Emmanuelle. Finis ce que tu as à faire avec ce garçon et rentre.

— Il est mort, maman. Il ne s'est rien passé.

J'ai raccroché.

24

— Allô, Manon ?

— Votre correspondant est actuellement en ligne, nous lui indiquons votre appel par un signal sonore.

25

Je crois que lorsqu'on quitte ceux qu'on aime, on devient une inconnue.

26

La délicatesse des perdants.

C'est ma mère, ou peut-être Sophie qui le lui a appris. Olivier m'a adressé une courte lettre embarrassée. Ses condoléances pour Alexandre. Des petits mots prudents. Des phrases concises. Il concluait en me demandant de marcher vers l'avenir.

Au présent, rien ne dure, a-t-il écrit.

Pourtant, il me semble que c'est dans le présent que tout dure puisque rien n'y est achevé. Il est un temps entre deux. La photographie de quelque chose dont on ne connaît pas la fin. Les fins sont dans l'avenir. Dans *maman part*, par exemple, maman est présente encore et absente déjà. Et si j'écris *je meurs*, je ne suis pas encore morte, je suis juste entre deux abîmes. C'est le passé qui est douloureux. Il possède le poids immuable des choses qu'on ne peut défaire, comme les rochers. *Maman est partie* présente un caractère définitif. Tout comme *je suis morte*.

Tu te trompes Olivier, le présent est le lieu où durent les choses. As-tu remarqué qu'il n'y a que pour le verbe aimer qu'il fonctionne différemment ? Il nous fait croire qu'il est pérenne, mais nous savons bien tous les deux qu'il n'est qu'une promesse, qu'une tentative. Il est une destination et nul ne sait si elle sera atteinte. Il est au futur, en fait.

Je t'aime, c'est je t'aimerai.

27

Parle-moi d'Olivier, m'a demandé Mimi occupée à tricoter une petite torsade couleur flanelle en point de jersey envers, tandis que j'ouvrais une bouteille de vin.

Alors je lui ai dit que mon goût pour le vin venait de toi, que tu m'en avais appris le langage, les voyages, les vertiges agréables, les étourdissements, ainsi que nos faces sombres qu'il réveillait parfois, les tristes impudeurs, les gestes cannibales ; elle a répondu que beaucoup d'hommes puisent dans l'alcool le courage de faire l'amour ; je lui ai parlé de nous, de la façon dont je t'avais quitté pour une espérance, un fruit, le désir lui-même et non pas parce que je ne t'aimais plus, alors Mimi a ôté sa cigarette éteinte d'entre ses lèvres, avec une surprenante délicatesse, elle a murmuré que c'était sans doute la façon la plus cruelle de quitter un homme, et je me suis tue.

28

Pomme de Pin n'a pas remporté l'inter-camping football à la fin de l'été. Trois-zéro en quart de finale.

Mimi a quand même offert une tournée générale, cubis de vieux-papes, dans un camping, ils veulent la quantité, pas la qualité, m'a-t-elle expliqué, surtout à la fin des vacances, guacamole et tortillas à volonté, saucisson et pétoncles (payantes). La fête s'est prolongée dans la nuit, les enfants et quelques mères sont retournés à leurs tentes ; ceux qui sont restés dansaient, la violence râpeuse du gros rouge a fait s'envoler quelques mots crus, comme des coups de poing, se manifester des urgences animales, et des silhouettes se sont volatilisées dans l'ombre, se sont perdues dans des petits coins de sable tiède ; on a entendu des rires étouffés, on a entendu un cri, une frayeur de femme ; et puis, d'un coup, au cœur de la nuit, le vent s'est levé, violent, assourdissant, il a charrié des odeurs d'algues, de sel, de poissons morts, le râle d'un homme ; au matin, des branches avaient été arrachées, quelques carreaux cassés, un filet de cage de foot avait disparu, une tente s'était envolée, il n'y avait eu aucun blessé sauf un type qui faisait l'oiseau dans un arbre et qui s'était pris un coup de jus.

Ce matin-là, dans la désolation du camping, Mimi et moi saluions, d'un geste las, les derniers clients ; ils soufflaient sur le sable qui s'était insinué partout, repliaient leurs tentes, accrochaient leurs caravanes aux voitures, remplissaient d'eau le réservoir de leur camping-car avant de reprendre la route en famille, les vélos sur le toit, direction l'appartement, le pavillon, l'hypermarché, acheter les fournitures scolaires, reprendre les mots tristes, bon, ben, à ce soir, ne rentre pas trop tard, surtout ne prends pas froid, retrouver les collègues à la machine à café, dire que oui, c'était bien cet été, chuchoter, l'œil brillant, la lèvre humide, les babines d'amadou, que c'était bien, très bien même, une vendeuse de frites, et septembre est arrivé, et j'ai pensé à mes enfants qui allaient faire leur première rentrée sans moi, à Louis qui voudrait une montre connectée et à son père qui dirait oui, par facilité, à Manon qui allait choisir des vêtements sans moi, à Léa qui profiterait de mon absence pour se faire couper les cheveux trop courts pour elle, comme Jean Seberg dans *À bout de souffle*, j'ai pensé à tout ce que mon désir avait empêché, je me suis sentie une immondice, et je suis partie laisser partir ceux que j'aimais.

29

Les joies de la France transversale.

Plus de quatre heures et demie de train entre Étaples et Anvers. Deux TER. Un TGV. Deux correspondances. L'une à Boulogne-sur-Mer. L'autre à Lille. Lille, Bondues, mes enfants, leur peau, leur voix, leur odeur, m'arrêter, les revoir.

J'avais appelé Olivier du camping. Ils ne sont pas prêts, m'avait-il répondu. Je suis désolé. Tu n'imagines peut-être pas le choc pour eux. Olivier, s'il te plaît. Ça a été le séisme de Sumatra. Une désillusion sans nom. Donne-leur du temps, Emma, le temps qu'il faut. Les deux grands refusent, mais Léa veut bien te voir.

J'avais rendez-vous avec ma petite fille chez Meert, rue Esquermoise. Elle portait un nouveau manteau, j'ai reconnu le goût de ma mère, une feutrine d'hiver, bleu marine, boutons dorés, ainsi qu'un amusant bonnet péruvien multicolore (Caroline ?) – on aurait dit une petite fille tout droit sortie de *Vogue Bambini*.

Elle a couru vers moi, s'est jetée dans mes bras et nous avons failli tomber toutes les deux. Nos retrouvailles ont été d'abord silencieuses, charnelles, comme celles de deux aveugles : je caressais ses cheveux, elle touchait mon visage, mes lèvres goûtaient ses joues, les siennes mes mains, elle a sursauté, ses premiers mots ont été elles râpent tes mains, et elle a découvert les dizaines de coupures parme sur mes paumes, ce sont les frites, ai-je expliqué, je suis Madame Frite dans un camping, j'épluche beaucoup de pommes de terre depuis que je suis partie, des millions et des millions de frites, oh maman, c'est pour ça que tu es partie ? je croyais que… J'ai posé mes doigts sur ses lèvres pour la faire taire, et elle les a embrassés, puis nous nous sommes assises à table. Gaufre cassis et violette, chocolat chaud pour elle, café pour moi, j'ai dit un *espresso*, comme une Italienne, et, pendant une seconde, il m'a semblé être brûlante. Elle m'a parlé d'une nouvelle copine à l'école, de ma mère qui passait tous les jours, de Caroline qui est super gentille, de Louis qui se rase deux fois par jour la moustache qu'il n'a pas, de Zoo, le labrador que leur père leur a offert, elle m'en a même montré une photo sur son téléphone, tu as un nouveau téléphone ?, et de son père qui regardait Caroline comme une voiture neuve. Une nouvelle vie déjà, en quelques mois. Les disparus sont si vite remplacés. Comme la vaisselle brisée. Un bouquet fané.

Elle ne m'a pas demandé si je reviendrais. Elle ne m'a pas demandé si notre vie reprendrait comme avant. Elle a juste demandé si elle pouvait rester avec moi ce soir. S'il te plaît maman. Pas ce soir, ai-je répondu, je dois m'en aller. Mais tu es déjà partie, s'est-elle exclamée. On a eu toutes les deux un sourire sans éclat. Elle a léché la moustache que lui avait dessinée le chocolat. Quand tu me quitteras, tu m'emmèneras avec toi ? Un sanglot. Voilà. Grandir fait mal. On le sait, mais on n'y prête jamais assez attention.

Sophie est arrivée. Elle n'avait pas le temps de prendre un thé, juste celui de me promettre de m'appeler bientôt, j'ai une nouvelle dingue à te raconter, mais je veux être sûre, tout à fait sûre, et elle a pris la main de ma fille, Léa l'a suivie avec sa grâce de faon, et je suis restée seule.

30

Seule comme effondrée, comme misère, comme tombe.

31

Bien sûr, j'ai raté le train de 16 h 31 pour Anvers.

Je suis retournée Brasserie André. Je voulais voir. Revoir. Ressentir. Tout revivre. Toucher une fois encore la banquette où nos doigts auraient dû se frôler ce jour-là et les siens plonger dans ma fièvre.

Je me suis assise au comptoir, j'ai regardé la salle assez déserte à cette heure de l'après-midi, et, là où avaient été la bouche, le regard, le charme indescriptible d'Alexandre, presque une violence, il ne restait que la grise banalité d'une dame seule, trop fardée, thé vert, sucre roux, assiette de petits gâteaux, roman épais ouvert devant elle, ses yeux plissés, comme deux grimaces, sur les caractères trop petits, les parallèles grises, interminables.

Mes lèvres, mes mains ont tremblé.

— J'aimerais bien entendre votre voix. Je suis prête.

— Je m'appelle Alexandre.

— Je ne cherche pas une aventure.

— Je ne cherche pas non plus une aventure.

— Vous me ferez danser ?

— Oui.

— Tourbillonner ?

— Oui.

— Vous me rattraperez ?

J'ai payé le Perrier auquel je n'ai pas touché, je suis sortie, et je n'ai plus jamais chanté Piaf, ni Gréco, ni l'immensité.

J'ai rejoint la gare de Lille-Flandres et, dans ses courants d'air, ses fantômes de nuit : les boissonneurs, les coups de rifs, les nez bourgeonnants, les yeux jaunes comme des chiens possédés, le verbe tranchant comme une lame, la mendigote agressive. Aucune chute d'homme ne se fait en douceur.

Et puis l'un des derniers TGV. Hommes d'affaires aux corps fatigués. Aux yeux frôleurs.

Enfin Anvers. Arrivée de nuit. Un vieil hôtel dans le centre, à quelques centaines de mètres du zoo, la réception et, juste derrière, un *lounge* étroit, feu de bois, odeur paisible, deux Vikings au comptoir, devant leur whisky, perdus dans leur silence au parfum de tourbes irlandaises, plongés dans l'eau mystérieuse du Connemara. Petite chambre agréable, parquet craquant, lit confortable, un lit pour deux, *king size*, ma main a cherché, s'est agitée, mais ne t'a pas trouvé, Alexandre, alors j'ai eu froid.

32

Je n'ai pas connu la colère.

Je n'ai pas ressenti de rage. Pas lacéré ma peau avec des silex.

J'ai eu une tristesse dégradante.

J'ai perdu beaucoup de mots.

J'ai eu un deuil curieux, sans contrepoids, et je suis devenue le deuil lui-même.

33

Des funérailles.

Température fraîche mais ciel bleu, journée parfaite pour une visite au zoo. Deux groupes scolaires sinuaient dans les allées, marchaient vers les cages des félins, probablement parce que c'était l'heure où les employés leur donnent à manger et qu'il est toujours impressionnant de voir un lion, un tigre ou une panthère déchiqueter vingt-cinq kilos de viande fraîche, soit le poids d'un enfant de neuf ans, la taille de son buste, la couleur vive de ses entrailles. On devrait leur donner des bêtes vivantes, a lancé un enfant, ça serait plus drôle ! Et les petits camarades autour de lui ont ri, excités par les images qui surgissaient dans leurs têtes : la frayeur d'une chèvre, la course folle d'un poulet, les cris effrayés d'un marcassin.

Je me suis dirigée vers l'emplacement des tigres. Du seul tigre en fait, depuis que Kharlan, seize ans d'âge, avait eu la mauvaise idée de mourir trois mois plus tôt. Tigre de Sibérie. Deux cent dix kilos en moyenne et, pour un mâle, trois mètres soixante de long. Il m'a fallu quelques instants avant d'apercevoir celui qui restait, derrière les plantes qui reproduisaient le plus fidèlement possible son environnement naturel – conifères, chênes, bouleaux –, une bête énorme et magnifique, une fourrure comme un incendie, un feulement chaud, terrifiant, rassurant à la fois ; je suis soudain redevenue une petite fille, j'avais soudain huit ou neuf ans, comme les fillettes autour de moi qui se photographiaient en essayant d'avoir la bête dans l'image, derrière elles, et tu as pris ma main, papa, la tienne était grande et tremblait un peu, mais ce n'était pas à cause de l'excitation, de ton face-à-face avec Shere Kahn, cet aimable méchant comme tu l'appelais, c'était un tremblement de peur, papa, c'était ton effroi, je le sais maintenant, toutes tes lâchetés, et ma présence adoucissait ta crainte d'homme, celle de n'être pas capable de défendre sa petite fille contre les fauves, contre les loups qui pourraient à l'aube la déchiqueter à coups de dents, les salauds qui pourraient l'abandonner, ou ceux qui ne sauraient tout simplement pas lui offrir quelques vertiges.

J'étais ce jour-là au terme d'un premier voyage. Après la peur, après les regrets, ma main s'est délicatement détachée de la tienne, a plongé dans la poche de mon manteau, mes doigts se sont refermés comme des pinces sur la cendre que j'y avais mise, elle provenait de la cheminée du *lounge* de l'hôtel, ma main en est ressortie grise et mes doigts se sont ouverts et tu t'es envolé, le vent léger t'a entraîné dans la jungle, vers le fauve de feu, d'autres cendres ont voleté vers les enfants, quelques-unes se sont dirigées vers mes frères et mes sœurs, quelque part ; j'ai pleuré en te regardant partir, toi le père secret, le père insaisissable, l'inventeur de machines qui devaient améliorer la vie des hommes et leur arrachaient parfois les bras, j'ai pleuré en te disant au revoir, papa, en te disant que je t'aimais, et soudain, j'ai été bousculée par des gamins, les dernières cendres de ma poche sont tombées sur le sol, elles ont été piétinées, et j'ai pensé que chaque enfant absorbait ta force, ton génie, ton chagrin, que toi, minuscule enfin, microscopique, *tu étais un et des multitudes étaient en toi*[6], tu rejoignais l'immensité, l'éternité, et personne ne m'a prise dans ses bras, retenue, et j'ai virevolté comme une feuille morte.

Puis ceux qui m'ont aidée à me relever ont disparu à leur tour.

34

Je dirais que nous sommes davantage faits de ce qui nous a traversés que de ce qui nous est resté.

35

Un verre de griotte-chambertin.

Un bourgogne somptueux, au bar de l'hôtel anversois, le soir, après les funérailles. Robe rubis, presque cerise noire. Arômes vertigineux de framboise, de groseille ainsi que le noyau, de réglisse, d'épices, de mousse et de sous-bois. Un corps entier, une chair voluptueuse. Le liquide tournoie dans le verre, laisse des larmes magnifiques. Et dans mon oreille, la voix de Sophie, hystérique, je suis sûre maintenant, tout à fait sûre, disait-elle. Elle me racontait sa rencontre quelques semaines plus tôt avec Maurice Carton, à des noces d'or où elle était invitée, une ancienne amie du boulot. Les enfants du couple avaient eu l'idée d'engager un chanteur pour animer la soirée, Maurice Carton, soixante-cinq ans, spécialiste du répertoire d'Eddy Mitchell dont les parents raffolaient des chansons, avaient dansé sur « Pourquoi m'laisses-tu pas tranquille, Lucille ? » et pleuré avec « Couleur menthe à l'eau », et c'est lorsqu'il a entamé « Rio Grande », tu sais, Emma, cette chanson si désabusée, si triste, avec ces paroles si belles, « Le temps va s'arrêter / Pour mieux nous oublier[7] », c'est à ce moment-là qu'il m'a regardée, qu'il m'a vue, on aurait dit qu'il ne chantait que pour moi, que c'était moi la petite voleuse, la marginale traquée de la chanson, que c'est avec moi qu'il voulait s'enfuir, finir le blues, fini les bleus, oh Emma, j'étais tout chose, mon cœur battait comme celui d'une midinette et j'avais chaud, si tu vois ce que je veux dire, ça pulsait, c'était presque douloureux, je bouillais, à un moment il s'est approché de moi, tout près, il a tendu son micro, j'aurais pu m'évanouir, son micro, Emma, tu te rends compte, devant tout le monde, il montrait que, enfin, tu vois, ce n'était pas très discret, mais qu'est-ce que c'est flatteur, et en duo on a fait les dernières paroles, « Ça s'ra toujours le blues / Dans la banlieue d'Mulhouse », les gens ont applaudi, crié, sifflé, il y a eu quelque chose de très fort, et j'étais super excitée, tu imagines, et il l'a senti, il m'a fait un clin d'œil, et on s'est retrouvés dehors, pendant sa pause, il fumait une Gitane, une odeur d'enfance, on ne s'est rien dit, on savait tous les deux, il m'a collée contre lui, il était très dur, il m'a murmuré qu'on ne se quitterait plus, j'ai dit oui, j'ai dit je le sais, Maurice, de près il avait l'air plus doux que de loin, c'est ce que j'aime chez les hommes, cette ambiguïté, et des yeux, Emma, des yeux, j'avais l'impression d'être à poil, cela dit, trois heures après, je l'étais, et pour la première fois depuis longtemps, je n'avais plus peur de l'âge de mon corps, de ma peau qui commence à se relâcher, quelle nuit Emma, quelle nuit, et après, après qu'il m'a fait l'amour deux fois, à son âge !, presque trois, pas d'inquiétude je lui ai dit, ça arrive à tout le monde, il a chanté « Imagine » à mon oreille, « Imagine », tu te rends compte, et c'était dingue parce que sa voix continuait à me faire jouir, Emma, je suis folle, c'est l'homme de ma vie, j'en suis sûre, jamais trois sans quatre, on va se marier, c'est écrit, c'est juste que Mme Carton, c'est pas franchement glamour, sans compter les expressions indélicates, se taper le carton, dormir sous les cartons, carton rouge, faire un carton, bref, il y a Maurice aussi, que je trouve moyen, pas très sexy, alors je l'appelle monhomme, monhomme, en un seul mot, et il aime ça, oh, j'ai hâte que tu rentres, que je puisse te le présenter, tu vas l'adorer, je suis heureuse mon Emma, je voudrais tellement que tu le sois aussi, dis-moi que tu vas mieux, dis-le-moi, et j'ai menti et j'ai bu à leur bonheur mon verre de griotte-chambertin hors de prix.

36

Ce que je crois.

Dans le virtuose pas de deux de *La Nuit transfigurée*, le corps de la danseuse se précipite, sa robe ivoire flotte autour d'elle comme un soupir, dessine un abîme, ses chevilles sont si fines qu'on craint qu'elles ne se brisent ; son corps gracile se jette, s'encastre littéralement dans celui de l'homme, comme une pierre dans le sol au fond d'un précipice, les bras du danseur la recueillent, l'entraînent dans une tornade folle ; les deux corps fusionnent, s'envolent, ils ne se quitteront plus.

On devrait toujours pouvoir se jeter dans le corps de l'autre. Foncer. S'y briser, même. Savoir que l'autre ne vous lâchera plus jamais.

Voilà ce que je crois. Ce que j'aurais voulu qu'Alexandre sache pour qu'il ne soit pas effrayé le jour où j'aurais été me fondre, me disloquer en lui.

37

J'ai quitté Anvers, son tigre survivant, les cendres de mon père, et je suis retournée à Étaples. J'ai retrouvé Mimi, M. Boghossian, le camping pratiquement désert, la friterie fermée. J'ai retrouvé le vent, le froid, le sable qui s'envole, graisse nos cheveux, fouette nos peaux, alourdit nos corps, et j'allais entrer dans le début de mon hiver.

38

Lorsque je ferme les yeux, je te vois.

39

Quand on connaît la fin, tout fait encore plus mal. On se regarde alors dans le passé, et on se hait.

40

Le Salon du livre du Touquet avait ouvert pour trois jours, au centre tennistique Pierre-de-Coubertin.

Sophie m'y avait rejointe, seule, puisque Maurice – on lui avait également commandé quelques anciennes chansons d'Eddy Constantine et d'Henri Salvador – devait chanter à des noces de vermeil à Longueau, à cent quinze kilomètres de là, nuit sur place à cause de l'alcool probable, des mélanges surtout, de la fatigue, du verglas possible, une glissade, un arbre centenaire, une désincarcération difficile, un corps émietté.

— C'est que monhomme, je veux le garder longtemps, et entier, avait-elle minaudé.

Elle m'a donné des nouvelles de mes enfants. Santé, OK. Notes, OK. Chambres rangées, OK. Manon avait un petit ami, mais je ne crois pas qu'ils aient encore couché ensemble, a-t-elle précisé. Merci Sophie. Léa a écrit une courte nouvelle qui a remporté un prix. Louis a eu un avertissement pour une bagarre, une histoire d'épaules qui s'entrechoquent, quelques mots d'homme, le poison de l'injure, un poing qui part, un bruit d'os qui s'émiette et défigure. Il s'est calmé depuis. Ton mari lui a parlé. Caroline aussi. Ah, celle-là. Qui doit se laisser bouffer la chatte en ronronnant, *Olivier, Olivier, on ne m'a jamais fait ça aussi bien, oh, ne t'arrête pas, mon plaisir est sans fond, mange-moi, mange-moi.* Emma, pas toi ! Pardon, Sophie. Je deviens boueuse. Mes remords. Ma culpabilité.

En nous promenant entre les différents stands du Salon du livre, en croisant les auteurs, nous goûtions enfin à nouveau à l'excitation qui nous enivrait lorsque nous descendions toutes les deux à Paris – la Cinémathèque, l'Opéra Bastille, trois ou quatre fois Orsay.

Plus tard, parce qu'il faisait trop chaud dans le Salon, je suis sortie prendre l'air ; un homme affable, gobelet de café dans une main, cigarette dans l'autre, m'a abordée.

— Vous êtes auteur ?

Sa question m'a fait sourire.

— Non. J'accompagne mon mari. Alexandre Prouvost. Il présente son premier roman, *Brasserie André.*

— Félicitations.

— Oh, je n'y suis pas pour grand-chose.

Il a souri à son tour.

— Je ne vous crois pas. Il y a toujours quelqu'un dans les silences d'un écrivain. De quoi parle son livre ?

— Une femme et un homme se rencontrent dans une brasserie. Ils quittent tout sur un coup de tête l'un et l'autre, époux, épouse, enfants, travail, pour vivre ensemble.

— Dangereux.

— Oui. Mais l'incertitude est la raison même du désir.

— Touché. Ils partent ensemble ?

— Il ne vient pas.

— Ah, la lâcheté des hommes.

— Non. Il se fait écraser au moment même où il venait la retrouver.

— C'est horrible !

— Non. C'est la vie.

Je me suis éloignée, en lâchant d'une voix plus forte :

— C'est ce qui vient de m'arriver.

Il a alors esquissé quelques pas vers moi, à la fois affolé et intrigué, mais je lui ai fait signe de s'arrêter, de ne pas me suivre. S'il vous plaît.

J'étais certaine que ce type allait maintenant te chercher parmi les stands, qu'il allait demander où tu étais installé, qu'il allait vouloir lire ton livre, vouloir connaître la fin – tout comme moi –, et moi, pendant ce temps, je suis descendue rue Saint-Jean vers la mer, malgré le vent qui arrachait les affiches du Salon, emportait les mégots qui virevoltaient comme les braises d'un grand feu, malgré ce tourbillon et toute ma confusion.

Tu vois, Alexandre, tu es encore vivant puisque je le veux – je vis avec toi, je goûte à ce qui nous était destiné, et je ne m'en lasse pas.

Je suis restée nue longtemps dans ce mobile home pour deux, comme je le serais restée pour toi – parce que tu m'avais dit qu'il y avait « elle emma nu » dans mon prénom, et que tu m'avais mise à nu.

41

Je peux toujours nous imaginer mille existences, gommer ce funeste 20 avril à la brasserie des Trois Brasseurs.

Je pourrais écrire mon *mentir-vrai* jusqu'à user la pulpe de mes doigts, retenir chaque grain de ta peau avec une syllabe. On ne perd plus ceux qu'on aime lorsqu'on leur invente des vies. On jouit, c'est tout.

Je pourrais danser dans chacune de ces destinées avec toi.

Sans doute serions-nous restés toujours ensemble, encastrés, comme les danseurs de *La Nuit transfigurée*, ou juste cent jours, ou dix jours, ou peut-être qu'une seule nuit nous aurait déchirés, une seule aube trahis.

Notre page est blanche, la couleur de tous les possibles, elle est la mesure de l'infini.

Je sais maintenant que ma tragédie prend racine dans cette irrésolution.

Je sais maintenant qu'on peut avoir plusieurs loyautés.

La première fois que nous avions parlé ensemble, je t'avais demandé s'il fallait vivre les choses alors qu'il était aussi beau de seulement les rêver. Tu ne m'avais pas répondu. Tu avais cité Pasolini.

Je suis retournée aux lieux de mes failles, Alexandre, pour comprendre. J'ai avoué la bouche odieuse de mon mari sur mon sexe. J'ai accepté les promesses vaines de mon père, son manque d'amour franc, je suis même allée jeter dans une cage de tigre des cendres volées dans une cheminée d'hôtel pour lui, pour qu'il rejoigne l'univers, qu'il se dissolve en chacun de nous. J'ai essayé d'aimer ma mère dans tout ce que je n'aimais pas d'elle. J'ai reconnu les imperfections de *ma vie parfaite*, la colère sourde de mon fils Louis, et la jeune maîtresse de mon mari. Je t'ai montré mes appétits. Je t'ai révélé mes manques. Et je voudrais me retrouver maintenant, il est temps ; je voudrais ne plus être égarée dans mes désirs, ne plus être les larmes et l'eau, ne plus être mille mots dont l'encre ne sèche pas, ne plus être en voyage à l'intérieur de moi, ne plus être une naufragée, une femme perdue ; caresse-moi, Alexandre, où que tu sois, ressuscite-moi.

Plus tard, j'ai retrouvé Sophie au camping, elle lisait, un verre de vin à la main. Mimi tricotait un gilet, elle en était au demi-devant droit, un élégant point de riz. M. Boghossian avait cuisiné – *spitak lobi aghts'an* (salade de haricots blancs) et *larmadjoun* (pizza à la viande).

— *Ourdegh hats ayndegh en'danik*, a-t-il dit.

Là où il y a du pain, il y a une famille.

42

« Blanquette se sentit perdue... Un moment, en se rappelant l'histoire de la vieille Renaude, qui s'était battue toute la nuit pour être mangée le matin, elle se dit qu'il vaudrait peut-être mieux se laisser manger tout de suite ; puis, s'étant ravisée, elle tomba en garde, la tête basse et la corne en avant, comme une brave chèvre de M. Seguin qu'elle était... »

43

— Il faut retourner à la vie, mon petit, comme on retourne au jour. Tu es tombée amoureuse, il faut t'élever amoureuse désormais, autrement, c'est dix ans de prison dans ta douleur. Alexandre ne reviendra pas, les hommes ne font que passer, ils creusent leurs silhouettes dans nos lits, y laissent parfois traîner quelques mots, un parfum, une douceur, mais ils n'y restent pas. Laisse-le partir, rejoindre ton père, le sillage d'un tigre, l'immensité. Tiens, tends le cou, que je vérifie mon encolure.

— Demain, je vous emmène à l'opéra, Michèle.

44

Je me rappelle avoir un jour lu les noms gravés sur les pierres tombales d'un petit cimetière et surtout, avoir observé les dates. Aucun couple n'était mort le même jour. L'autre survivait toujours, parfois même trente ou quarante ans.

Il faut écrire ces trahisons.

45

Les mots d'Alexandre, en boucle, jusqu'à l'étourdissement.

— Un jour, on croit qu'on est arrivé, on pose ses valises, on construit une maison, et au crépuscule, en compagnie de sa femme, assis sur la terrasse, un verre à la main, on contemple l'horizon, les derniers goélands, le ciel qui vire au feu, les flamboyances, on se dit que rien ne pourrait être mieux, que rien ne pourrait être plus parfait. Puis un soir, Emma, dans ces flamboyances, il y a eu vous, et plus rien n'a été vrai.

46

L'Élixir d'amour.

Lorsque la nuit est tombée tout à fait, noire, dangereuse, lorsque la marée descendante a emporté avec elle le grondement sourd des vagues, nous avons quitté le camping, et, bien que je ne l'emmène qu'à deux kilomètres de là, sur la plage sombre, Mimi a revêtu sa plus belle tenue : un tailleur Chanel, vieux rose, en tweed, un foulard de soie, une allure à la Geneviève de Fontenay, des chaussures à hauts talons – contre lesquelles elle pesterait bientôt –, elle a paré son cou d'un collier de perles, deux rangs, des authentiques, mon petit, pêchées dans l'océan Indien, au large de l'île Dirk Hartog, elles m'ont été offertes par un prince arabe à Deauville, lors d'une vente de yearlings, en remerciement de l'élégance française de mes filles et de leur *savoir-faire*, et lorsque je lui ai précisé que la salle d'opéra c'était juste nous deux face à la mer, qu'elle n'était pas obligée de se faire si belle, elle m'a considérée, l'air grave malgré ses yeux si clairs, et elle a lâché :

— L'opéra, ce n'est pas du cinéma, mon petit, où l'on entre n'importe quand. C'est comme un rendez-vous. Et pour un rendez-vous, on se fait classe. Point.

J'ai installé deux transats près des cabines de la plage du Touquet, à l'abri du vent, apporté une puissante enceinte à batterie rechargeable dénichée dans le foyer du camping, une torche, deux bouteilles d'excellent vin et les dizaines de *beuregs* (petits feuilletés) amoureusement cuisinés par M. Boghossian.

Nous nous sommes assises côte à côte, une épaisse couverture nous couvrait toutes les deux et après avoir rempli nos verres d'un Barolo Riserva Monprivato Cà d'Morissio 2004, robe rouge grenat, reflets orangés, un arôme complexe, très fruité, épicé – alors là, a murmuré Mimi après en avoir savouré une gorgée, alors là, j'entends déjà les anges –, j'ai lancé l'opéra.

Très vite, les cors puis les cordes ont semblé envahir l'espace infini autour de nous, les notes des flûtes, hautbois et clarinettes, rejoindre les étoiles, et lorsque le chœur a retenti, puissant, joyeux, nous avons frissonné et Mimi a tenu ma main. C'est alors qu'on a entendu la voix de soprano d'Adina lire *Tristan et Iseut* aux fermiers et celle de ténor de Nemorino, amoureux transi de la lectrice : « Qu'elle est belle ! Plus je la vois, plus elle me plaît[8]. » Puis est arrivé Belcore, voix de baryton, sergent de régiment, séducteur et sûr de lui, « Je suis galant et sergent, il n'est pas de belle qui résiste à la vue d'un cimier[9] » – celui-là m'a tout l'air d'un homme qui va souffrir, a murmuré Mimi. Le décor était planté. Une femme, deux soupirants, le socle de toutes les tragédies. Si tu savais, mon petit, comme au fond mes filles ont permis d'éviter tant de drames de couples, tant de déchirements.

Là-bas, à une trentaine de mètres, une silhouette avançait vers nous à tous petits pas, comme on le fait dans une salle d'opéra où l'on arrive en retard, une fine silhouette d'homme, comme un Giacometti, tordue, délicate et raide à la fois, qui avouait un grand nombre d'années. Il s'est assis sur les marches qui, de la digue, conduisent à la plage et a plongé, lui aussi, dans l'amour transi du fermier pour la belle fermière, s'est laissé envoûter par la musique joyeuse et triste qui couvrait les bruits du vent, de la mer et des rares automobiles au loin.

La scène 7 de l'acte II approchait.

La scène la plus courte. La plus belle et sans doute la plus triste.

Celle où Nemorino, seul, chante son amour, chante « La larme furtive » d'Adina, chante « Sentir les battements », et les paroles, Mimi, disent qu'après avoir senti les battements de la personne qu'on aime, même un instant, on peut mourir. Écoutez, écoutez, c'est ici : « Ô ciel, si je peux mourir, je ne veux rien d'autre[10]. »

— Ne dis pas de bêtises, mon petit, il faut vivre.

— Mais la vie, c'est danser au bord de l'abîme, ce n'est pas tricoter à longueur de journée.

Mimi a eu un sourire bouleversant et triste.

— Je ne tricote pas, Emma, j'attends.

— Vous pourriez lire. Écouter de l'opéra.

Elle a de nouveau rempli son verre.

— Les choses ont mal tourné pour moi à une époque. Un député mécontent. Les Mœurs. La Financière. On a alors confié mon tout petit garçon à une famille *respectable*. Je ne l'ai jamais revu. Depuis, je tricote des pulls de toutes tailles, pour le jour où il me retrouvera.

J'ai voulu m'excuser mais elle a posé un doigt sur mes lèvres.

— Pour qu'il y en ait au moins un qui lui aille, quand il sera là.

Nous avons trinqué dans le silence tandis que le chœur des villageois s'apprêtait à attaquer le final. La silhouette là-bas s'est levée, le vent a apporté un « Merci ! » ; elle semblait se diriger vers la mer glaciale, donnait l'impression de s'y enfoncer, mais le vin et quelques larmes troublaient ma vue, peut-être étaient-ce les rochers que l'eau avalait.

— Vous croyez que je paye pour mes péchés, Mimi ?

— Pour avoir voulu être heureuse avec un homme ?

— Pour avoir quitté mes enfants. Avoir blessé mon mari.

— Je ne sais pas si on paye pour ses péchés, mon petit. On vit avec, et ça fait déjà assez mal. Ce que je crois, moi qui ai eu une vie belle et tragique, qui ai connu la splendeur et le vide, qui tiens un camping depuis trop longtemps, c'est que tant que ce n'est pas fini, il peut encore arriver un miracle, et je crois aux miracles, à la grâce des choses. Mon petit garçon reviendra. Payer pour ses péchés, c'est leur laisser avoir le dernier mot. Ils sont bons ces feuilletés, tu devrais goûter.

Le chœur chantait le bonheur d'Adina et de Nemorino, un final étourdissant.

Les deux bouteilles étaient vides, Mimi regardait la mer d'encre en souriant et de minuscules flocons de neige ont commencé à flotter au-dessus de nous, sur la plage, elle s'est mise à rire en essayant de les attraper, j'ai titubé en m'extirpant du transat humide, Mimi a jeté ses chaussures à talons au loin, j'ai fait de même avec les miennes, nous sommes rentrées pieds nus, hilares, les flocons sont devenus plus gros tandis que nous arrivions au camping, et M. Boghossian nous a accueillies au cœur de la nuit avec du thé chaud pour moi, de la Marie Brizard pour elle ; je me souviens aussi que par la suite je me suis effondrée sur le lit du mobile home, sans m'être déshabillée, sans m'être lavée, la bouche poisseuse, que plus tard encore, j'ai été réveillée par la vibration de mon téléphone, un petit bruit de scie qui m'ouvrait le crâne, et que j'ai entendu la voix affolée de ma fille Léa.

— C'est papa, hurlait-elle dans le combiné. La maladie est revenue.

TROISIÈME PARTIE

La route des vins

47

Les leucémies aiguës myéloblastiques <LAM> sont des proliférations clonales aiguës ou subaiguës, développées à partir des précurseurs hématopoïétiques (blastes) des lignées myéloblastique, érythroblastique ou mégacaryocytaire, et ce, à tous les stades de maturation de ces précurseurs. La maladie se développe en règle générale dans la moelle osseuse :

♦ Sa présence inhibe l'hématopoïèse normale, aboutissant au syndrome d'insuffisance médullaire, caractérisé par des cytopénies (anémie, neutropénie, thrombopénie), dont les conséquences cliniques représentent le principal mode de découverte de la maladie.

♦ La maladie peut également s'étendre au sang avec apparition de blastes circulants ou à d'autres organes hématopoïétiques (rate, ganglions, foie...), ou non hématopoïétiques (peau, gencives, système nerveux central...), constituant le syndrome tumoral toutefois plus fréquent dans les leucémies aiguës lymphoblastiques <LAL>[11].

48

Olivier avait eu une rémission de trois ans.

Les saignements étaient revenus. Gencives, surtout. Et aussi le nez. Ecchymoses. Pâleur. Palpitations. Une méchante angine. Gonflement douloureux des ganglions lymphatiques.

Le mal revient toujours plus fort.

J'essaie de calmer ma petite fille au téléphone, mais la voix n'embrasse pas, les mots ne caressent pas. Léa pleure parce que *sa poésie* suppose ces infinis-là, soupçonne ces violences-là qui vous arrachent à vous-même et vous transforment pour toujours.

Caroline est partie, ajoute-t-elle, elle est partie dès que papa lui a annoncé que cette fois-ci, il était vraiment malade. Qu'il ne gagnerait pas. Qu'il ne se battrait pas. Pourquoi il n'aime plus la vie, maman ?

Les papillons ne vivent pas bien longtemps, pensé-je. De quelques jours à quelques semaines. Celui-ci aura vécu le temps d'une balade en cabriolet vers les châteaux de la Loire, de la dégustation d'une bouteille de vin hors de prix – le temps trop bref du rire d'un homme. Quand le mal a eu fini de dévorer la joie d'Olivier, Caroline s'était enfuie.

Je m'étais enfuie aussi.

J'avais abandonné mon mari, mes trois enfants, pour les lèvres d'un homme et pour mille espérances.

J'avais erré de longs mois dans ma tentation, j'avais surnagé dans son absence. Et je m'étais perdue dans ce vide.

Au cœur de cette nuit, je me souviens de la première fois où il m'a parlé de sa maladie.

Il a dit, c'est la première fois que le mot « cancer » fait partie de moi.

Il a dit, le mot fait plus de mal que le mal lui-même.

Il a dit, je suis calme, je n'ai pas peur, pas peur encore. J'ai du temps. J'ai encore du temps.

Il a dit, je suis désolé Emma. Je te demande pardon.

Alors j'ai pleuré. Et il m'a demandé de ne pas pleurer – tu auras d'autres nuits pour ça.

Le soir où le cancer a fait partie de lui, où il s'apprêtait à modifier le cours de nos vies, nous avions confié les enfants à ma mère, et nous étions allés à L'Huîtrière, rue des Chats-Bossus, où nous nous étions gavés d'huîtres, il aimait les fines de Barrau n° 2, moi les Gillardeau, n° 2 également, nous avions bu deux bouteilles de domaine cauhapé, un jurançon sec et moelleux, et nous n'avions pas été ivres – la détresse et la peur repoussent l'ivresse, parfois, comme une digue contient les vagues folles.

Nous avions parlé de nos enfants ce soir-là, de la meilleure façon de leur apprendre que nous ne sommes pas immortels, que l'amour engendre toujours de la peine, un petit néant douloureux, une pierre sèche et râpeuse. Il a résumé, non sans tendresse : en somme, on doit leur faire du mal sans les blesser. Ah, l'ironie des choses. La musique des mots, comme un air triste de Sibelius. Un chagrin affûté. Des gorges encombrées, soudain. Nos yeux brillaient, mais nos larmes n'avaient pas coulé. Il a dit : c'est curieux d'avoir une douleur qu'on ne ressent pas. Il ne connaissait pas encore les fracas du traitement de cheval qu'on lui infligerait quelques jours plus tard. L'extrême fatigue. L'appétit qui disparaît. Les six semaines d'hôpital. Les hémorragies. Les constipations. Les nausées. Le purpura. Sa peau – qu'il voudrait arracher. Qu'on me dépiaute, crierait-il, par pitié, qu'on me dépiaute !

Quand il est rentré à la maison, ses jambes tremblaient, les enfants ont essayé de ne pas s'effondrer en le voyant et, plus tard, Léa a dessiné des cheveux sur son crâne, un par un, avec des feutres de couleur noir, gris et marron, pour retrouver celle, poivre et sel, qu'ils avaient avant, et il avait ri.

Il avait ri de nouveau – comme un cœur qui repart.

Ce soir-là, après L'Huîtrière, nous n'étions pas rentrés à Bondues. Nous avions marché longtemps, en titubant un peu, et, place Louise-de-Bettignies, dans le Vieux-Lille, il m'avait entraînée à l'intérieur de l'Hôtel de la Treille, comme une fille facile, il avait demandé une chambre dans laquelle, sans même allumer, sans même vraiment claquer la porte, il m'avait écrasée contre lui, jetée contre lui, comme on devrait toujours le faire, se jeter, se fondre dans le corps de l'autre, s'entrechoquer, souvenons-nous de *La Nuit transfigurée*, il m'avait fait tourbillonner et mon ivresse s'était réveillée, pétillante et gracieuse, et il m'avait alors fait l'amour avec une tendresse inouïe, comme on le fait une première fois, et comme on le fait sans doute aussi une dernière fois.

Au matin, nous avions des visages fatigués et pâles, et je l'avais trouvé très beau. Je l'avais emmené sur la Grand-Place, dans un rayon de soleil, où nous avions pris un copieux petit déjeuner. Il ne voulait pas que je beurre ses toasts, il disait je ne suis pas malade, et cela nous avait fait sourire. Nous avions parlé de tout à l'heure, lorsque nous rentrerions à la maison. Les choses à prévoir. Le mal qu'on fait aux autres sans le vouloir.

Il m'avait pris la main, il m'avait dit viens, et nous étions rentrés.

49

« Mais qu'est-ce que j'aurais bien aimé / Encore une fois traîner mes os / Jusqu'au soleil jusqu'à l'été / Jusqu'à demain jusqu'au printemps [12]. »

50

Il m'avait pris la main, il m'avait dit viens, et nous étions rentrés.

Puis il a eu trois ans de rémission, pendant lesquels je l'ai quitté.

51

Léa vient de raccrocher.

Elle est l'enfant à la fin de ce film un peu effrayant que notre fils avait regardé en boucle pendant des semaines, celui qui annonçait la tempête, là-bas, à la lisière du désert, un monde différent.

Qui annonçait la chute dans l'escalier. La tartelette à la mort-aux-rats.

Je suis à Cucq, au camping Pomme de Pin, et depuis que ma fille a raccroché, je ne parviens pas à me rendormir. Allongée sur le lit de ce mobile home pour deux où je suis seule, j'attends que ma violente migraine s'estompe.

Je laisse les mots de ma fille s'insinuer en moi, y faire le mal, brutaux, zigzaguant comme une boule de flipper. Ils détruisent soudain beaucoup de choses, ces mots, fracassent de nombreuses certitudes.

Je traverse cette nuit hagarde et triste, après les flamboyances de Nemorino et d'Adina, quelques heures plus tôt sur la plage, en compagnie de Mimi, de quelques flocons de neige fondue, et du prix de nos péchés.

Je ne pleure pas parce qu'il me semble que je vais avoir besoin de mes larmes, plus tard.

Je me souviens du premier baiser d'Olivier, sa bouche sèche, ses lèvres tremblantes, de sa main qui s'était posée sur mes reins, de mon frisson aussitôt. Je me souviens, plus tard, de la chaleur de nos peaux et d'autres frissons. J'imaginais alors la vie à deux comme une ligne droite, à sens unique, sans danger qui surgirait en face, une trajectoire heureuse ; j'avais vingt ans, c'était avant les babines du loup, avant de comprendre que l'instant est la seule certitude possible et que c'est en lui que nous devons nous accomplir, c'était avant le froid éternel, avant les enfants, avant que le sourire de mon mari éveille la fringale de quelques femmes, et réchauffe le cœur de l'une d'elles – une petite chèvre qu'il eut soin de prendre toute jeune.

Le jour se lève et il fait beau.

Le vent a chassé les nuages vers les terres, la neige a cessé de tomber, elle n'aura été qu'une danse cette nuit, pour Mimi et pour moi, des plumes de cygnons, un final d'opéra.

Je reste allongée. Le bruit du tambour dans ma tête s'amenuise.

J'affirme qu'elle est brève, cette gesticulation sur la Terre, d'une brièveté assassine, et qu'elle ne mérite pas d'être encore tronquée par les mésamours, les colères ou les frayeurs : c'est justement parce qu'on n'a pas le temps qu'on doit aimer, désespérément.

Et puis, il faut bien pardonner et être pardonné si l'on veut vivre.

52

Je me lève. Je me lave. Une douche enfin, chaude, longue, interminable même, jusqu'à vider le réservoir d'eau. On n'imagine pas comme le corps nous trahit vite, comme la douceur de la peau peut devenir poisseuse, les poils gras, l'odeur âcre ; comme tout est criminel.

Une fois dehors, j'annonce à Mimi que je dois rentrer chez moi. Que le cancer du père de mes enfants récidive, qu'il est malveillant cette fois-ci, haineux, affamé.

Et M. Boghossian – qui soigne la méchante céphalée de sa Valentine au cognac et aux comprimés d'Almogran – va aussitôt chercher son antique Renault 5 orange, cabossée, crachoteuse, vous ne pouvez pas y aller toute seule, petite Emma, dit-il, les joues rouges, pour le chagrin qui vous attend là-bas il faut un bras solide, et j'en ai deux ; je me mords les lèvres pour ne pas parler, Mimi hausse les épaules et me pousse dans l'auto avec son aiguille à torsades, allez, allez, ne reste pas là, petite, il y a une longue route, et mon cher Boghossian n'est pas tout à fait Maurice Trintignant.

Trois heures et demie de route plus tard, nous arrivons au Domaine de la Vigne. Je sonne. J'entends aboyer. Puis ma mère ouvre. Elle a maigri. Elle a des cernes. Elle me regarde comme on regarde un mendiant, j'imagine, quelqu'un qui vous fait honte et vous effraie, et cette violence me paralyse, je suis incapable de la moindre parole, du moindre geste ; elle me toise encore, puis ses mots sortent, froids, lapidaires, tu n'as rien à faire ici, Emmanuelle, ni ton mari ni tes enfants ne veulent de toi, ce qui leur arrive est une histoire où tu n'es plus, personne ne te pleure plus, retourne d'où tu viens – je viens de toi, ai-je envie de dire, mais une main ferme agrippe soudain la mienne, m'entraîne et me pousse dans la petite voiture, essuie mes joues, et la voix grave et sage de M. Boghossian me fait un cadeau : chez nous, on a un proverbe, dit-il, *Artsounke mi tsav e vor ke hasgana miayn na ov arden latsel e* – « Les larmes sont un langage qui ne peut être compris que par celui qui a déjà pleuré. »

Je comprends soudain les chagrins de mon père.

Nous roulons en silence jusqu'à la première station-service sur l'autoroute. M. Boghossian remet beaucoup d'huile et regonfle l'un des quatre pneus – toi, je ne t'aime pas, marmonne-t-il en lui donnant un vilain coup de pied. Puis nous mangeons un sandwich sur le parking, au milieu des camions, des chauffeurs qui parlent mille langues et fument des tabacs inconnus, ils s'échangent leurs gamelles qui racontent leur histoire, leurs voyages, ils se montrent des photographies puis se tapent dans le dos ou sur l'épaule avec vigueur, avant de remonter dans leurs cabines et de s'éloigner plus encore de ceux qui les attendent.

— Je suis l'un de ces hommes, me dit alors M. Boghossian, la même peine m'habite : c'est difficile de rentrer, parce que en notre absence nos familles ont découvert qu'elles pouvaient vivre sans nous.

Je ne me retiens plus.

Latsir, latsir, pokrig Emma. Pleure, pleure, petite Emma.

53

Plus tard sur l'autoroute, dans la voiture brinquebalante que doublent d'énormes camions, tandis que nous rentrons au camping et que M. Boghossian chante à tue-tête sur la cassette de Seda Aznavour, je me demande, Alexandre, si tu n'es pas parti pour que je rentre chez moi.

Pour que je m'y rende. Rende – comme *se rendre*, comme on avoue une défaite.

54

Le lendemain.

— Il m'a raconté, Boghossian, pour ta mère.

Mimi prend ma main comme on recueille un oisillon tombé, la porte à sa bouche puis l'embrasse, il y a dans ce baiser tous les mots que toutes les petites filles rêvent un jour d'entendre d'une maman.

Peut-être que la mienne ne parlait pas assez fort.

Peut-être que l'on finit par s'habituer à la douleur et que l'on peut même se mettre à l'aimer.

Et puis M. Boghossian arrive avec des croissants, quelques brioches chaudes, un journal, il regarde Mimi en rougissant, elle baisse furtivement les yeux, alors je souris en devinant leur nuit, les volcans d'Arménie, les mots jolimenteurs, *anouchig'ig !* joliment dits, et nous nous mettons à rire tous ensemble, dans le silence du camping désert – nos rires, comme l'envol de trois grands corbeaux.

Après le café, nous jardinons, ratissons, binons, nettoyons, lavons, frottons, rangeons : ce week-end, le camping affichera complet à cause d'une compétition de char à voile sur les douze kilomètres de la plage du Touquet.

Pour vingt-quatre heures, je vais redevenir Madame Frite, parfum de graillon, peau salée, luisante, les enfants regarderont mes cornets avec gourmandise, et quelques hommes me regarderont, moi – parce que c'est toujours la même histoire depuis le début du monde, on veut tous sentir les battements, ceux qui fouettent le sang aux tempes, vrillent le ventre, picotent les doigts et font se sentir irréversiblement vivants.

55

Les semaines passent, grises, humides.

Mimi est entrée dans un hiver de silence ; elle tricote sans arrêt, cardigans, gilets col châle, zippé, montant, pulls empiècement jacquard, col roulé, col rond ; elle attend ; et un matin, je la retrouve effondrée sur la terre froide, près de son Piccolo ; effarée, j'appelle M. Boghossian qui accourt aussitôt, c'est une de ses nuits de chagrin, me dit-il, les nuits de Marie Brizard où elle crie en silence ; il m'aide à la porter à l'intérieur de son mobile home, m'épaule pour la coucher sur son lit, il la regarde, elle est belle, chuchote-t-il, elle est paisible, il la regarde comme une sainte, comme une île, et je pense à la façon dont j'ai regardé la bouche d'Alexandre la première fois, ses lèvres, son sourire ; il m'avait atteinte au plus profond, s'y était ancré et ma vie n'avait plus jamais été la même : je suis devenue plus forte, plus faible, plus belle, plus grave, plus joyeuse, à jamais finie désormais, à jamais infinie ; oui, monsieur Boghossian, elle est belle votre Valentine, elle est belle votre île, elle est précieuse, savoir qu'elle existe quelque part, dans l'océan immense, est une raison de vivre et de croire, je vous parlerai de mon île un jour, de mon envie de prendre la mer certains soirs, d'allonger les bras et de nager vers les dernières lueurs, de me laisser dériver vers ces noirceurs, je vous dirai avoir appris qu'une crevette comme moi peut tenir deux ou trois heures avant d'être avalée et de rejoindre le ventre du monde, là où reposent ceux qui nous aiment et nous ont quittés, avant de connaître la félicité, je vous dirai toutes ces choses – *shnorhagal em, pokrig Emma, shnorhagal em*, merci petite Emma, merci ; et après avoir abrité le corps de Mimi sous une couverture nous retournons ce matin-là à nos activités, l'entretien du camping pour lui, un peu de jardinage pour moi, j'avais appris les boutures et le cernage, le forçage et le tuteurage, mes mains travaillaient, mon esprit vagabondait, Croyez-vous, Emma, qu'il soit possible que deux cœurs qui se touchent battent exactement au même rythme ? Je le crois, Alexandre ;

je vous ferai entendre nos battements et il faudra une oreille absolue pour y distinguer deux cœurs.

Chaque soir, j'appelle la maison, seule Léa décroche. Mamie ne veut pas que j'aille le voir à l'hôpital. Louis dit qu'il est comme un zombie de *Doghouse*. J'ai peur, maman.

— Dis, quand reviendras-tu ?

Et un soir, ma mère.

Même si elle répète que c'est trop tôt, que cela ne servirait à rien que je rentre maintenant – on attend, Emmanuelle, on attend tous, je te ferai signe quand il y aura du nouveau, je te le promets –, je sais qu'une forme de rapprochement a commencé, et que Léa est ce miracle-là.

56

Voici ce que chantait Cio-Cio San.

« Aujourd'hui mon nom est Douleur. Dites-lui cependant que, le jour de son retour, je m'appellerai Joie[13]. »

57

Viennent alors les tests, les IRM, les PET scan, les décisions, les antalgiques puissants, le dextropropoxyphène, l'oxycodone, les indécisions, l'hydromorphone.

Vient cette période cotonneuse d'avant les séismes, ce temps suspendu où plus rien n'a de valeur – on souhaite vivre cependant, on souhaite partir déjà ; on prépare la litanie des adieux et on demande une heure, une nuit encore, tenir jusqu'à l'aube.

Vient enfin le séisme. L'instant où tout bascule. Où plus rien n'a d'importance. On veut juste que le mal soit arraché, disparaisse. À tout prix. On donnerait un bras pour cela, une jambe, une semaine, puis sa vie entière pour que le supplice cesse. Dieu, comme je souffre d'être loin d'eux, si loin de mon mari, de sa douleur, de son effroi sans doute, lui qui aimait tant la chair même de la vie.

58

À cet instant je t'en veux, Alexandre. Pour quelques heures, quelques jours, je te hais même.

Je ne touche plus mon corps pour toi. Je ne caresse plus mon ventre pour toi.

Je ne prononce ni ne savoure plus ton prénom, comme on le fait avec un bonbon acidulé, ni ne me mords les lèvres pour toi. Je ne t'attends plus, cambrée et nue sur ce lit.

Je nage longtemps, chaque matin, dans la mer glaciale pour me punir et me blesser, afin que les lames gelées, comme l'acier d'un rasoir, râpent mon corps et en arrachent le souvenir de toi, de tes doigts qui n'ont effleuré que la peau de mon cou, quelques secondes, qui ont à peine frôlé mon dos, mes seins, à travers le tissu de mon chemisier.

Je piétine ton ombre sous la terre. Je ne veux plus rien de toi parce que, avec toi, j'ai tout perdu.

Et dans l'eau je me laisse parfois flotter, comme ces algues verdâtres et grasses – je dérive.

59

Un jour, le courant me pousse jusqu'à Fort-Mahon-Plage et j'échoue sur le sable, en maillot de bain, je n'ai pas mes vêtements restés sur la plage de Cucq, je suis seule, gelée, incongrue. Je marche pieds nus, je grelotte, on dirait une folle, une femme perdue, et c'est ce que je suis Alexandre, ce que tu as fait de moi. La plante de mes pieds se met à saigner à cause de la rugosité de l'asphalte.

Et tandis que je marche depuis un certain temps déjà sur ce bord de mer désert, hors saison, une voiture s'arrête à ma hauteur, un couple âgé à son bord, il conduit, elle baisse la vitre et demande si j'ai été agressée, si je souffre, s'il faut me conduire chez un médecin, ma peau est bleue, mes lèvres tremblent, incontrôlables, je veux rentrer chez moi, ramenez-moi chez moi, s'il vous plaît, je veux voir mes enfants, ils me manquent, je veux voir mon mari, il est en train de mourir, et ils me ramènent au camping, vous êtes sûre, vous ne voulez pas voir quelqu'un ?

Ils me ramènent dans le froid de ma vie, le sel de mes larmes, et mon amour de toi, inutile, défunt.

60

Les premiers jours d'avril sont venus, les premiers bourgeons sur les chênes rouges et les arbousiers, puis les premières feuilles, les premiers nids, les premières efflorescences, les nouveaux clients les week-ends cléments, d'autres cornets de frites, d'autres manches de pull, moulées, raglan, d'autres verres de Marie Brizard et de vin, et les nouvelles d'Olivier ne sont pas bonnes.

61

Je retourne à Lille au cœur du printemps.

Une heure vingt de train, le front collé à la vitre, les paysages ternes, les maisons de bric et de broc le long de la voie ferrée, le linge qui pend dehors mais ne sèche pas ; quelques voitures rouillées, fossilisées sur des parpaings dans les cours, des baignoires bancales dans les champs – un vaste sentiment de résignation.

Sophie m'attend à la gare de Lille-Flandres.

Derrière elle se tient Eddy Mitchell, un peu gauche, les doigts triturant le foulard rouge accroché à son cou, très cow-boy, bonjour, ravi de te rencontrer, on se fait la bise hein, Sophie m'a tellement parlé de toi, j'ai l'impression qu'on se connaît déjà, blabla – ne t'en fais pas Sophie, Gainsbourg n'était pas beau non plus, et pourtant.

Chez Sophie et Maurice, nous buvons un café, une larme d'armagnac pour lui. Sophie est triste. Je suis triste. Nous le sommes tous. Le chagrin est contagieux, mais c'est dans sa contagion même qu'il s'amenuise – Dieu merci.

62

Lorsqu'on ne prononce plus le nom des gens, ils s'effacent.

Dis-moi, Alexandre, prononces-tu le mien parfois ?

63

La vie est la courte distance entre deux vides.

On gesticule pour la remplir. On traîne pour l'étirer. On voudrait qu'elle s'éternise. On s'invente même parfois des doubles vies. On respire et on ment. On regarde sans voir. On veut profiter de tout et tout glisse entre les doigts. On aime et c'est déjà fini. On croit au futur et le passé est déjà là. On est si vite oublié. On ne veut pas perdre, et lorsque vient la fin, on refuse de baisser les paupières. On refuse la poignée de terre sur notre peau glacée. Il faut pourtant savoir lâcher prise.

Souvenons-nous de Blanquette. Souvenons-nous tous d'elle.

« Une lueur pâle parut dans l'horizon. Le chant du coq enroué monta d'une métairie. Enfin, se dit-elle, elle qui n'attendait plus que le jour pour mourir. »

Enfin.

Il faut apprendre à se jeter dans le vide.

64

Ma mère prie, très souvent.

Je me souviens de cette litanie : « Mes péchés m'ont fait perdre la divine grâce et mon âme. »

Je me moquais d'elle – parce que je ne savais pas.

65

Je ne suis pas retournée me baigner dans l'eau glacée. Je n'ai pas essayé de te noyer. J'ai pardonné ton absence.

Je me suis à nouveau allongée nue, et j'ai recommencé à t'attendre.

Je me suis rappelée que tu avais dit que tu me mangerais si je dansais et si, en dansant, mon corps devenait barbare.

Je me suis souvenue que tu avais perdu le sommeil à cause de moi, et qu'à cause de moi, tu avais froid la nuit.

J'étais le feu avec toi. Et je ne l'ai plus jamais laissé s'éteindre.

Je parle de ces brûlures magnifiques qui redessinent la peau.

66

Retrouvailles.

Le Domaine de la Vigne à Bondues est un golf sur lequel on a posé, il y a longtemps, quelques jolies villas – blanches pour la plupart. Les terrains ne sont pas clôturés, les arbres sont petits, soignés, de préférence des fruitiers ou des tilleuls. Les enfants jouent sans crier. Les chiens n'aboient pas, ne menacent pas – ils sont comme de grosses peluches vivantes. Les habitants se saluent le matin, se sourient le soir, s'invitent parfois, décident ensemble d'un « parcours » – alors les fils des bons employés font office de caddies –, ils mesurent leurs progrès, rentrent fiers, parlent fort, ouvrent des bouteilles d'excellents vins et savourent leur bonheur.

Sur les tables basses en verre, dans les salons, il y a des cendriers Hermès avec des motifs de chevaux, peints à la main, dans lesquels personne n'écrase de cigarette, et des livres de peinture – Léonor Fini, Balthus, Fra Angelico – que nul ne feuillette jamais.

L'hiver, les gelées qui recouvrent l'herbe donnent l'impression qu'une mariée immense a abandonné son voile, ou qu'elle l'a perdu. Les arbres semblent maigres, leurs branches mendient. De grosses corneilles noires, luisantes, effraient les chiens et les enfants. Au loin, les visages des golfeurs sont dissimulés derrière la fumée qui s'envole de leur bouche, on dirait de minuscules angelots qui gambillent autour d'eux.

L'hiver, le domaine sent les feux de cheminée, et des enfants naissent l'été suivant. Blonds. Charmants. Les yeux bleus. Gris, parfois.

Les printemps sont toujours joyeux. Le pollen dessine des taches pâles sur les visages des filles, les garçons attrapent les premiers papillons qu'ils épinglent, avec un certain sens déjà de la cruauté, sur des plaques de liège et apportent à l'école, fiers, comme des braconniers exhibant la dépouille d'un loup.

Le printemps est une promesse. Une valse timide. Les jambes des femmes se dénudent lentement, paressent au soleil doux de l'après-midi ; les hommes quittent les costumes sombres, se vêtent de gris, d'ocres prudents ; le bal du désir se met doucement en place.

J'aime ce temps des éclosions, des corps qui sortent de l'hiver, des enfants qui courent à nouveau dehors et dont les rires aigus sont une intarissable source de joie.

Le printemps est le temps de la fierté des mères et du désir des femmes.

Ils m'attendent à l'entrée du domaine.

Manon n'est pas là. Mon fils a encore grandi. Il arbore un duvet fourni sur la lèvre supérieure – pas encore une moustache, mon Louis, pas encore Tom Selleck. Il se raidit lorsque je l'embrasse, lorsque je lui dis qu'il devient un homme et ressemble à son père ; il a un sourire méfiant. Léa se jette dans mes bras et la bête jaune qui doit être Zoo l'imite, nous tombons dans l'herbe fraîche, surpris. Louis appelle le chien, au pied !, en claquant des doigts, au pied !, d'une voix nouvelle, grasse, sévère, et nous restons allongées un instant, le temps de quelques caresses, quelques mots graves : si toi et papa vous partez, comment je vais grandir ? J'étreins ma petite fille contre moi, fort, pour étouffer ses sanglots. Comment appelle-t-on une mère qui a abandonné ses enfants, Léa ? Nous nous relevons et nous cheminons jusqu'à la maison, tous les trois, le chien joyeux autour de nous. Deux voisines qui me saluaient toujours, avant ma fuite, qui m'invitaient régulièrement à partager un thé, une tarte à la cassonade, sont, me semble-t-il, devenues aveugles – et laides. Ici, dans le domaine des murs épais, des mensonges qui s'évaporent, au lieu même de la morale des autres, une femme ne quitte pas sa famille, sa souffrance doit rester secrète, sa désolation est inutile ; ici, le désir est une honte, une maladie, et les apparences gagnent toujours.

Ma mère ouvre la porte au moment où nous arrivons – ma mère pâle, vieille soudain, le visage creusé, la peine et la honte affleurant, une cartographie du chagrin.

Nous nous embrassons sans tendresse, et plus tard, seules enfin dans la cuisine, ses mots sortent, jaillissent, petites lames de rasoir, *pareille abomination*, c'est ton départ, Emmanuelle, ta fuite qui l'a rendu malade, tu ne te rends pas compte ma fille, les hommes sont fragiles et peureux, Olivier t'a tellement aimée, il t'aime encore et tu le tues, sa rechute c'est ton absence, quand il crache du sang j'ai l'impression que c'est toi qui le poignardes, j'ai honte, oh, comme j'ai honte, et cette abjection me dévore à petit feu, j'ai perdu sept kilos depuis que ton mari est retombé malade, regarde, regarde, mes doigts sont devenus des barbelés tout tordus, je n'ai plus de force, mes chevilles s'effritent, je titube, je ne peux plus porter tout le mal que tu as fait, Emmanuelle, je ne peux plus, une mère n'est pas là pour cela, elle est là pour la vie, elle est faite pour les élévations, pas pour les désastres ; parfois, je pense à ton père et je me dis que si les hommes nous laissent toujours seules, ils ont quand même besoin de nous, tu dois arrêter de penser à toi, Emmanuelle, soigner cet égoïsme, tu dois arrêter de laisser pareille abomination nous anéantir tous.

Je ne me justifie pas. Je ne lui parle pas de ce désir qui m'a envahie. Comblée. Je tais l'ivresse du présent. Je ne lui dis rien de ma peau qui brûle. De l'euphorie que me procurent ces brûlures. Je ne lui avoue pas que le cri de mon plaisir fait trembler les vitres des lieux où je jouis et que c'est un mort qui me fait jouir.

Je la regarde, je suis fière, presque arrogante, je me sens belle, libre enfin, ma respiration se fait plus forte, comme lorsque le sentiment de faim s'amenuise, que la politesse s'éloigne, et la tasse qu'elle tient dans sa main se brise, la porcelaine entaille sa paume en plusieurs endroits, le sang coule, abondant, un rouge terrifiant et magnifique à la fois ; je me précipite, ma mère me repousse, noue un torchon autour de sa main, et me dévisage, l'œil noir :

— Tu es un monstre, Emmanuelle.

Je rejoins Olivier.

Il est assis au salon, les pieds nus posés sur la table basse en verre, près des livres de peinture et du cendrier Hermès au motif de cheval. Il est pâle. La cortisone a bouffi ses joues. Ses yeux se sont enfoncés dans son visage, son regard flou est dépossédé de cette joie de vivre qui m'avait enchantée au début, avant les enfants, lorsqu'il énumérait trente preuves pour me convaincre que j'étais la femme de sa vie.

Son regard a commencé à s'éteindre, son cœur à ralentir, sans doute.

Mon mari me regarde, m'invite à m'asseoir près de lui, nos doigts s'emmêlent, se réchauffent, et puis il sourit et dans un souffle fatigué me demande :

— Que nous est-il arrivé ?

67

Il est arrivé le temps – le temps qui polit tout. Il est arrivé l'effritement du désir et le givre sur ma peau.

Il est arrivé le froid.

Il est arrivé la bouche d'Alexandre, la douceur animale d'un homme, le feulement d'un tigre de Sibérie.

Il est arrivé la souffrance que j'ai fini par aimer. Cette douleur à laquelle je suis restée fidèle.

Il est arrivé la parole d'une femme, au lieu de son silence.

68

Bien sûr, l'idée de vivre le temps qu'il reste dans la conscience du temps lui-même, l'idée de le savourer à chaque seconde, dans la grâce du présent, la certitude qu'il procure, l'idée de prendre le temps même s'il est compté, le temps pour faire les choses, prononcer les mots justes, préparer les adieux, *déjà*, prendre le temps pour laisser quelques traces, dessiner les sillons, réparer ou blesser, l'idée de vivre quand il n'y a plus de vie est une illusion romanesque – un rêve de bien-portant.

Le corps n'est pas d'accord.

L'idée de ne pas se battre est elle-même un combat. Le corps s'épuise, dans le temps qui reste. Il perd du poids, il perd l'appétit, il perd doucement la raison. Les muscles se liquéfient. Les maux de tête donnent envie de hurler mais la force de hurler a déjà quitté le navire. Cent pas coûtent. Puis dix. Puis un seul. L'essoufflement étouffe. Le goût des choses aimées se modifie, devient dégoût.

Le corps devient tragédie, devient chagrin, devient poubelle.

Bien sûr, le docteur lui déconseille cette ultime liberté. Docteur H. Haytayan, oncologue, ancien chef de clinique du CHRU de Lille. Vous serez mieux surveillé à l'hôpital, dit-il d'une voix douce. Mieux entouré. On se croit toujours plus fort qu'on n'est. On croit savoir ce qui est le mieux pour soi. Tenez. Il y a deux ans, j'ai eu une patiente qui voulait faire comme vous, renoncer à se battre, profiter du temps qui lui restait. Elle est revenue au bout de trois jours. En larmes. Elle ne voulait pas mourir. Elle voulait du temps en plus. Et on a réussi à lui en donner. Si vous décidez de renoncer, Olivier, le temps va vous sembler court, terriblement court. C'est un combat perdu d'avance, mais je respecterai votre décision. Il y aura un protocole à mettre en place, et il sera lourd. Ne croyez pas qu'il suffit d'un antidouleur pour gambader le temps qu'il vous reste. Olivier lève sa main pour endiguer les paroles du médecin. Laissez-moi décider de ma fin. Puis il y a un long silence. Mon mari pose sa main sur la mienne. Haytayan fait mine de regarder son dossier. Aidez-moi. S'il vous plaît.

Alors l'ancien chef de clinique sourit. Un sourire triste. Un sourire de vaincu. Je vais vous dire à tous les deux ce qu'il va se passer à partir de maintenant.

69

Si un monde nous sépare désormais, Alexandre, il nous relie aussi.

Viens.

Mon mari a décidé de ne pas vivre, et je suis terrifiée.

Nous allons passer ensemble le temps qu'il reste. Cinq semaines peut-être, d'après le docteur Haytayan. Peut-être deux mois, peut-être plus. Personne ne sait.

Reviens.

Aide-moi.

70

Écoute aussi ceci, Alexandre, et ne doute jamais de moi.

Fosca est laide et Guido est beau. Elle l'aime de cet amour qui déroute et coupe le souffle ; alors, fasciné par tant de passion, consumé à son tour, ses résistances s'envolent, il capitule, la rejoint pour une unique nuit, une funeste nuit. Mais, par-delà cette nuit, ils continueront à s'aimer – elle, du royaume des morts, lui, de la terre des mortels.

Ces amants-là auraient pu porter nos deux prénoms.

71

Manon est à Londres.

Selon ma mère, elle a décidé ce voyage quand elle a appris mon retour.

— Tu vois, Emmanuelle, le mal que tu as fait.

72

Olivier.

Après la consultation chez le docteur Haytayan, tu ne veux pas rentrer tout de suite à Bondues, affronter les questions de ma mère, ses phrases intarissables, l'effroi de nos enfants.

Nous retournons à l'Hôtel de la Treille, dans le Vieux-Lille, comme le soir où, trois ans plus tôt, le mot « cancer » avait commencé à faire partie de ton vocabulaire.

La chambre 14 est libre. Tu m'y avais prise ce soir-là, après le vin de L'Huîtrière, comme une fille facile, une minette joyeuse.

Tu la loues de nouveau.

Nous nous allongeons sur le lit, presque au ralenti cette fois. Nous restons longtemps silencieux. À un moment, je sens que tu pleures. Mes doigts cherchent les tiens. Je les porte à ma bouche. Je les baise. Je me colle à toi. Je me fonds en toi. Il me semble que nous ne sommes plus qu'une seule chair.

— J'ai peur, Emma. J'ai peur de mourir et plus encore de souffrir. Je suis triste, et en colère aussi. C'est tellement injuste. Je ne vais pas voir nos enfants adultes. Pas savoir s'ils seront heureux. Je ne saurai pas si tu serais revenue. Je rêvais qu'on vieillisse ensemble, Emma, qu'on soit des petits vieux. Cheveux blancs, sourires doux. Je ne goûterai pas les vins de l'année prochaine. Je ne saurai pas si on a atomisé Daech. Si les voitures électriques auront un jour plus de cinq cents kilomètres d'autonomie. Le monde va continuer sans moi. Bientôt, je ne sentirai plus l'odeur de la pluie. Le poil chaud de Zoo. La vanille dans le cou de Manon. Je veux être brûlé, Emma. Je veux m'envoler.

Tu as un hoquet. Un peu de sang coule sur ton menton. Mais tu te mets à rire.

— Je ne connaîtrai jamais la fin de *Breaking Bad*. Je ne saurai jamais si Schumacher est resté un légume ou s'il s'en est sorti.

Toutes ces choses dérisoires, quand on ne les connaît pas.

Je caresse ton front, tes joues humides, ta bouche. Ta peau est brûlante. Tes lèvres tremblent. Je n'ai pas de mots – juste mon corps encastré dans le tien, fondu dans le tien.

Notre *Nuit transfigurée*.

Tu as dormi deux heures, j'ai veillé ton corps agité.

La souffrance et la peur produisent les mêmes effets.

Lorsque tu ouvres à nouveau les yeux, tu es calme. Tu me dis merci et cela me bouleverse. Nous voulons boire du vin, mais l'hôtel ne propose pas de *room service*. Je descends sur la place, entre dans le premier restaurant. Le Milano. Son meilleur vin est un montevetrano – à un prix indécent. Cela m'arrache un sourire.

Tu aimes sa couleur rubis profond, ses senteurs de bois avec des notes de violette, de mûre et de cerise, puis, plus loin, des accents de cannelle et de tabac. J'ajoute, amusée, qu'il possède une note de rocaille et de sabot. Tu souris et, très docte, précises :

— Une note de cuir.

— De poil de bique.

— Un nez de transpiration au bas des reins.

— De peau qui s'affole.

— De désir qui monte.

— Un arôme de ventre.

— Le souffle d'une robe qui chute.

— La frénésie d'une main.

— La douceur d'une bouche.

Ton sourire s'efface lorsque tu ajoutes :

— Tu m'as manqué, Emma. Je n'ai pas vu ce que j'étais en train de perdre.

— Je croyais que tu l'avais laissé s'enfuir.

Puis tu remplis à nouveau nos verres. Tu dis que les choses sont meilleures encore lorsqu'elles touchent à leur fin. Tu dis qu'on ne chérit que les premières et les dernières fois. Tu n'es pas cynique, juste mélancolique. Tu me trouves belle et je t'embrasse. C'est un baiser rapide. Un souvenir. Et je te demande de partir avec moi. De tenir enfin cette promesse du temps de notre mariage, il y a plus de dix-neuf ans, de faire ensemble la route des vins, oh, quelques kilomètres, quelques domaines, les vignes aux premiers labours, aux premières inflorescences, aux premières éclosions, quelques semaines ensemble, le temps de.

Tu ne me laisses pas finir ma phrase.

Oui.

73

Peut-on imaginer les dernières odeurs qui s'échappent d'un corps abandonné puis ouvrir la fenêtre de sa chambre et découvrir une joie immuable : un nouveau matin sur la Terre, joyeusement ensoleillé, apercevoir quelques éclats de rosée persillés çà et là, suivre le vol ivre d'un papillon aux couleurs d'aquarelle, observer des corolles d'ombres se dévoiler paresseusement, percevoir les sifflements gais de quelques bruants, de quelques passereaux, et laisser ce cri naître de son ventre vide, le laisser s'élever comme une flamme jusqu'à sa bouche desséchée et hurler un homme est mort ?

— Un homme est mort, et je l'aimais.

74

Je me souviens des funérailles de Thérèse Delattre. Une vieille amie de la famille.

Dans l'église, juste avant l'à-Dieu, l'un de ses enfants était monté en chaire et nous avait offert les derniers mots de sa mère : « Ne vous inquiétez pas, je sais où je vais. »

75

Je veux dire que la douleur est inutile – on la sait.

Je veux dire aussi que la joie revient – parfois.

76

Cette phrase de lui, perdue dans les ombres de la Vieille Bourse.

— Notre rencontre, Emma, Brasserie André. Elle n'a pas été juste cette seconde où nos regards se sont dit oui, elle a été chaque seconde depuis.

Alors je l'avais embrassé pour la première fois, et ses doigts avaient touché ma peau.

77

Je suis installée chez Sophie depuis mon retour de Cucq. Son grand appartement dans le Vieux-Lille, poutres, parquet qui grince, eau qui glougloute dans les tuyaux – les entrailles d'une bête.

Ma mère occupe la chambre d'ami, à Bondues ; une infirmière est présente la journée, une autre, à quelques kilomètres de là, en cas de besoin la nuit.

Olivier a voulu passer du temps avec nos enfants, avant notre périple dans le Sud, cette route des vins promise, ce moment dernier à deux – moment curieux. Vous allez recommencer ensemble ? a demandé Léa. Non, on va finir ensemble ce qu'on a commencé, papa et moi, et elle a fondu en larmes, petite fée aux bras trop courts pour nous rassembler tous et écrire une jolie fin à notre histoire.

Une psychologue passe deux fois par semaine à Bondues – nous nous réunissons autour d'elle, dans le salon, il y a parfois de très longs silences, des mots fragiles comme des bulles d'air, il y a aussi des rires et des promesses, un immense chagrin et une peur surtout, que chacun doit apprivoiser.

Plus tard, la psychologue essaiera de faire tomber le mur d'indifférence de notre fils, de comprendre pourquoi il est tenté par l'idée de faire tatouer ses ressentiments sur la peau de ses avant-bras – un crâne. Ou bien un poignard.

La peine est une langue inconnue, il faut tout apprendre.

Olivier a voulu du temps avec eux. Parce que les départs en demandent toujours plus que les arrivées : on vérifie dix fois, cent fois qu'on n'a rien oublié. Parce que les mots des adieux sont difficiles et longs à trouver. Parce qu'il y a les larmes et l'effroi et les serments que l'on doit faire à celui qui s'en va pour qu'il puisse partir en paix. Parce que la colère est lente à s'échapper, dangereuse, comme le gaz qui fuit d'une porosité. Parce qu'il veut leur dire qu'il sera avec eux, même dans l'absence.

Manon rentre quelques jours plus tard, et elle refuse toujours de me voir. Un soir, Olivier lui dit qu'il m'aime et que je l'aime, il lui dit que notre amour est beau, qu'il y a eu des rires et de la tendresse, de la passion et de grands opéras, si, si, même s'il ne les aime pas autant que moi, trois magnifiques fruits nés de cet amour-là, de nos sangs, il lui dit que je suis sa mère, quoi qu'il arrive, et que, quoi qu'il arrive, où que nous soyons, lui et moi, son père et sa mère, des poussières ou de la chair, nous l'aimons totalement.

Alors Olivier est prêt.

Et nous partons en voyage.

78

Il faut que tu saches que sans toi, Alexandre, je suis inachevée.

Que sans toi, je n'aime plus la pluie sur ma peau, que sans toi, certains airs d'opéra paraissent mesquins et pathétiques, et que sans toi, une aube qui se lève n'est plus une promesse.

79

Elle est assise derrière un bureau, au milieu de voitures magnifiques, puissantes, semble-t-il, peintures brillantes, noirs profonds avec des pointes d'empire ou d'aubergine, odeurs de cuir. Elle est ravissante et elle a vingt ans, ce qui la rend encore plus ravissante. Elle semble travailler, mais lorsque je m'approche d'elle, je vois qu'elle feuillette un magazine. Elle lève les yeux vers moi, puis le visage, un mouvement à la Bambi, une virgule parfaite, dessinée avec le cou, qui doit rendre les hommes fous, ceux-là qui viennent acheter des voitures au prix de petites maisons de province, seuls d'abord, puis qui reviennent avec leur femme, à elles aussi elle doit proposer un café, quelque chose de doux, d'élégant, un caramelito ou un vanilio, et pour eux, un kazaan ou un dharkan, des arômes d'une intensité folle, parce qu'elle sait qu'ils en ont tous envie, qu'ils regardent tous désormais les filles de l'âge des leurs avec une intensité folle, une désespérance inouïe, d'où la voiture puissante pour fuir, au plus vite, la médiocrité à laquelle les conduisent leurs désirs.

Je ne sais pas si elle me reconnaît – je viens rarement, j'imagine cependant qu'elle a vu à la maison des photographies sur lesquelles je pose, dans le salon, la cage d'escalier, et dans notre chambre, où elle a dormi, où elle a laissé mon mari dévorer son sexe qui sent encore le lait, le savon, une chair fraîche, où elle s'est retournée, haletante, cambrée, comme une fille de rêve, où elle lui a dit mets-la-moi là, parce que les hommes en bavent mais n'osent pas toujours demander, profond, Olivier, là où il a fait son affaire avant de se jeter sur le côté du lit en riant, en disant qu'il l'aimait, qu'elle était ce qu'il avait connu de plus beau, de plus dingue, de plus bandant, et de plus triste aussi, je crois, mais ça il ne le lui a pas vraiment dit, les hommes se lassent si vite. Elle lève les yeux puis le visage vers moi, Bambi toujours, et avant qu'elle ait le temps de me reconnaître, je la gifle, une gifle puissante, rageuse, qui prend racine dans mon ventre, dans mon chagrin qu'elle l'ait abandonné parce qu'il est malade, petite pute, dans la douleur d'Olivier, racine dans tout ce que nous avons fait de mal un jour et qui se retourne contre quelqu'un, et sa jolie tête semble se dévisser de son joli cou qui ploie alors vers l'arrière, entraîne le joli visage, les jolies lèvres qui embrassent, la bouche qui avale, vers l'arrière, la chaise bascule à son tour dans le vide, le corps de la fille tombe, s'effondre, la tête claque contre le carrelage, le bruit qu'elle fait en claquant est affreux, une tache rouge apparaît à la hauteur de l'arcade sourcilière, le sang coule sur la joue, un vendeur accourt, je le regarde, il me reconnaît et aussitôt cesse sa course, ses jambes semblent rétropédaler, glisser sur du verglas, c'est presque comique, Caroline se relève lentement, la grâce de Bambi a disparu, sa beauté est pâle soudain, ordinaire, ses mains prennent appui sur le bureau, son corps parfait se redresse, je n'ai pas trouvé d'autre mot que cette gifle immense, assassine, elle me regarde, elle a juste vingt ans, elle a l'âge des promesses, elle ne sait pas encore la violence et l'éternité du présent, elle tente un sourire sincère, et c'est son mot à elle, ce sourire, comme ma gifle, et je l'accueille en moi, ce mot, et il me soulage, et il la soulage, et c'est fini.

80

Ni ma mère ni Sophie ne sont parvenues à connaître les sentiments de Louis.

Lorsqu'elles lui demandent comment il se sent, ce qu'il ressent, comment il voit les choses, s'il a de la colère, des questions par rapport à la maladie de son père, à sa décision de ne pas se battre, il répond *je gère.* Je gère – comme il le dirait d'une chambre à ranger, ou de croque-monsieur à préparer pour ses sœurs.

À moi qui passe davantage de temps à Bondues désormais, il ne parle toujours pas. Juste des considérations pratiques. Il me prend pour un Guide de survie de l'ado. « Je n'ai plus de shampooing. » « Faut laver mon jean. » « J'ai besoin de cinq euros pour la piscine » et « encore vingt », pour une sortie de classe. « Y a quoi pour mon acné ? » « On mange quoi ? » Dieu, comme je préférerais qu'il crie, qu'il hurle, qu'il casse les choses autour de lui, qu'il m'insulte pour être partie, pour les avoir abandonnés, pour avoir tué son père comme le pense avec délectation ma mère, qu'il me dise n'importe quoi, mais qu'il me parle, qu'il me laisse la chance de pouvoir lui expliquer, de remplir ses silences ; et puis le prendre dans mes bras et lui dire que moi aussi j'ai peur.

— Je dors chez un copain ce soir.

Fin de la discussion.

Manon repart à Londres avec son amie Aurélie Cohen – ça pue ici. Trop de mauvaises ondes.

Quant à Léa, les yeux embués, elle contemple pendant des heures la reproduction du *Christ mort* de Holbein le Jeune dans l'un des livres de peinture qui trônent sur la table basse en verre du salon, que nul ne feuillette jamais. Une dépouille qui semble évidée, des pieds et des mains gangrenés, des os saillants, des muscles tétanisés sur lesquels la peau cireuse est posée, comme un linceul.

81

Il y a de très nombreuses routes des vins.

Nous avons choisi l'une de celles de Provence – non pas parce qu'elle est la plus ancienne, parce que y craquettent les cigales, y embaume la lavande, y poussent les chênes verts, les oliviers, les genévriers, non pas parce que y coulent des torrents d'eau claire, y serpentent parfois des larmes de puisatière, y résonnent des colères de boulanger trompé, ou parce que les jours de mistral, on peut y entendre Marius, Mirèio ou Bobi, mais parce qu'il y fait beau dès les premiers jours du printemps, parce que

Olivier voulait, une fois encore, sentir le soleil sur sa peau, une fois encore cette chaleur-là, qui fleure le monoï ou la vanille des huiles, une fois encore ressentir le vent tiède, légèrement salé, sur son visage, une fois encore voir la mer qui se fond dans le ciel, à l'approche du soir, et dessine un tableau sur lequel toutes les histoires peuvent s'écrire, une fois encore connaître l'heure magique où le soleil brunit les peaux, étire les ombres, et semble mettre le feu à la cime des pins, comme des torches de fête, une dernière fois prendre un petit déjeuner sous un platane au tronc pelé, une table de fer forgé, bancale, nappe blanche amidonnée, argenterie lourde et fatiguée, café clair, brûlant, jus d'oranges pressées, le bonheur simple d'une gorgée fraîche, presque glacée, le journal du coin, l'encre qui salit les doigts, les faits divers des autres, les bagarres de voisinage, les carnets du jour, les promotions sur la literie, les un acheté-un gratuit sur les aliments pour chats – j'aimais aussi la vie pour ça, Emma.

La route du Dracénois.

Elle forme un triangle entre Draguignan, posé sur son plateau calcaire aux portes des gorges du Verdon, Les Arcs-sur-Argens, perchés sur un piton rocheux surplombant la plaine par laquelle, mille ans plus tôt, déboulaient comme des nuées de sauterelles les Sarrasins sanguinaires, et Le Cannet-des-Maures, au bord de l'A8.

Nous avons quitté Bondues en voiture, une très puissante BMW que j'appréhendais un peu de conduire. Olivier était déjà faible. Le dossier du siège avant était baissé de façon qu'il puisse être allongé. Oreiller, couverture, bonnet sur les cheveux trop courts, épars, laissant entrevoir de petites plaques de peau. Son corps s'était amaigri déjà ; on aurait dit un adolescent grandi trop vite, un jeune bouleau poussé de travers, des branches tordues, une souffrance muette.

Le docteur Haytayan avait prescrit de l'Actiskenan, sulfate de morphine, contre la douleur, une gélule toutes les quatre heures – ça n'empêchera pas les maux de tête, la somnolence, avait-il précisé –, un antiémétique, à cause de la méchante constipation à venir, et exigé que l'on voie un médecin dès notre arrivée, avec son dossier médical, que voici. Il nous avait regardés partir, du regard sombre de ces chefs de guerre qui observent leurs soldats marcher vers l'imparable défaite.

Dans le silence de l'habitacle de la voiture, nous avons écouté l'*Otello* de Verdi et, lorsque Desdémone chante son bouleversant « Ave Maria » : « Prie pour qui plie le front sous l'outrage, et sous le mauvais sort ; ô toi, prie pour nous, prie pour nous, prie sans cesse, et à l'heure de notre mort, prie pour nous [14] ! », Olivier avait posé sa main sur ma jambe – elle m'avait semblée si légère tout à coup, impondérable même, et il m'avait demandé, la voix grave :

— Emma, tu crois qu'il y a quelque chose, après ?

Étape 1. Domaine Rabiega.

82

Je sens parfois mes doigts qui s'engourdissent, qui parcourent la géographie de mon désir.

Je sens mes entrailles qui grondent et qui appellent. Je sens une ulcération ainsi qu'une douleur d'épine à la pointe de mes seins.

N'avais-tu pas disparu ?

83

Le domaine a été acheté en 1975 par Christine Rabiega, ancienne speakerine de Télé-Lille, et réalisatrice de reportages pour *Le Magazine du mineur*. Elle l'a revendu quelques années plus tard à des Suédois qui, à leur tour, l'ont cédé à un amoureux de la Provence et du vin, lequel en est toujours propriétaire.

Nous arrivons en fin de journée. Le ciel est d'un rose de chamallow, et les rares nuages potelés sont ourlés d'or.

Olivier a beaucoup somnolé dans la voiture. Je me suis arrêtée toutes les quatre heures pour lui donner sa gélule d'Actiskenan – il l'avalait avec une amusante grimace d'enfant et je le remerciais de chercher à me faire sourire –, puis nous faisions quelques pas sur l'aire d'autoroute, jusqu'à ce que ses vertiges s'évanouissent.

À Draguignan, dans l'une des chambres – provençale en diable – du domaine, parce qu'il n'a pas très faim, je fais apporter une assiette de charcuterie, une autre de fromage, et deux bouteilles de clos-dière 2011, une robe pourpre, intense, un parfum de fruits noirs, confits, épicés. Olivier apprécie le vin, sa fin de bouche « réglissée », il dit qu'on ne parle pas assez des crus de Provence, ils le mériteraient pourtant ; puis il trinque à nous, à nos trois magnifiques enfants, sa main tremble et je pense que le verre va s'échapper de ses doigts et le vin ensanglanter les draps du lit, et à cause des draps et du sang, nous nous souvenons, avec beaucoup d'émotion, de la naissance de chacun d'eux – Léa, notamment, avait failli naître dans la voiture, pressée sans doute de voir le monde ; puis son visage redevient grave, et il me demande si j'ai été heureuse avec *ce type*, dans le temps que nous n'avons pas eu, dans cette hypothèse qui a ruiné nos vies, et qu'avait-il, ce type, il s'appelle Alexandre, Olivier, que possédait-il, ce type, il a un nom Olivier, quelle rareté, quelles promesses faisait-il miroiter que j'aurais été incapable, moi, de tenir ? Dans quels lieux t'emmenait-il où je ne pouvais te conduire ? Quels mots prononçait-il que je ne connaissais pas ? Je baisse les yeux, mes joues sont chaudes, mon sang bout douloureusement dans mes veines, j'essaie de lui parler de mes manques qui ont été la source même de mes désirs, et qui avaient d'abord été souffrances. Je te faisais souffrir Emma ? Non, mais mes manques, oui. Ils me blessaient. Tu n'étais pas heureuse avec moi ? Tu m'as rendue heureuse, mais je suis restée incomplète, Olivier. Le désir n'est pas le bonheur, il n'est pas le repos. Il a alors, un court instant, du mal à respirer, je m'affole mais il me rassure d'un geste las. Quand le calme revient dans sa poitrine, il poursuit : mais le désir est infini, Emma, il se nourrit d'insatisfactions, repu, gavé, honoré, il disparaît, et sans désir, il n'y a plus rien, plus rien du tout. Tu n'avais donc plus de désir pour moi ? J'ouvre la seconde bouteille de vin – nous buvons trop, dangereusement, sans ivresse. J'ai eu des désirs hors de toi, Olivier. Je n'étais pas repue, pas gavée. Je n'étais pas asservie. C'est vraiment dégueulasse. Je sais, Olivier, c'est dégueulasse. Même avec Alexandre, je t'aimais. Je t'aime encore. L'amour ne se divise pas. Il se multiplie. Comme mes globules blancs ? Je vide mon verre d'un trait. Je voudrais que tu comprennes, Olivier. Comprendre quoi, que tu as désiré un homme ? Peut-être même juste désiré son désir de toi ? Non. Le désir d'être une femme. De ne plus être du silence. Je remplis de nouveau nos verres. Alexandre est mort, Olivier. Nous n'avons même pas eu le temps de faire l'amour. Je ne connais pas l'odeur de sa peau. Pas plus que la douceur ou la rugosité de la pulpe de ses doigts. Une fois, une seule, dans la cour intérieure de la Vieille Bourse, il m'a embrassée, ses doigts ont dansé sur mon cou – si furtivement que je m'en souviens à peine. Mais tu as eu du désir pour lui. Non, Olivier, je te le répète, j'ai eu du désir pour moi. J'ai eu envie d'être réinventée. Redécouverte. Et sans doute à nouveau abandonnée.

Je serre le verre dans ma main, comme je le ferais pour étouffer un moineau, et je me tais.

Nous nous regardons longtemps. Nos yeux brillent. Le vin possède des éclats rubis qui dansent dans la lumière, dessinent des taches roses sur nos peaux, comme une toute petite boule à facettes.

Notre silence est beau, me semble-t-il.

Plus tard, il y pousse un sourire. Quelques regrets aussi.

Et un inconsolable chagrin.

— Le seul désir qu'il me reste maintenant, Emma, c'est de me perdre, de me diluer dans le monde et d'en faire partie. D'être en tout. D'être en toi.

Enfin, épuisé, il repose son verre de vin en disant :

— Je n'ai pas fait assez attention à toi.

Il me demande pardon.

Et nos peines me submergent.

84

J'écoute sa voix, encore.

— Vous avez fait disparaître un mot en moi aujourd'hui, Emma. Pudeur.

J'avoue que mes joues avaient rosi.

85

Quelques souvenirs d'Olivier et de moi.

Il y avait eu une rétrospective Bob Fosse au Cinéac, et nous étions allés voir *Lenny*. Nous n'étions que tous les deux dans la salle, et Olivier m'avait fait l'amour. Je me souviens que je n'avais jamais autant ri en faisant l'amour. Et que ça n'avait jamais été aussi inconfortable.

Je me souviens de la première bague qu'il m'avait offerte. L'opercule d'une cannette de Schweppes. Le diamant viendra plus tard, avait-il dit, et j'avais été profondément heureuse.

Je me souviens de la première fois que mes règles avaient été en retard. Il était alors rentré avec des fleurs, du champagne, un énorme panier de fruits, le livre de Laurence Pernoud, et mes règles s'étaient mises à couler.

Je me souviens que nous nous étions promis de ne jamais avoir de chien. De ne jamais nous tromper. De ne jamais nous quitter.

Je me souviens de notre émerveillement lorsque nous avions dégusté un corton clos-rognet 2004 de Méo-Camuzet – à plus de deux cents euros la bouteille, et il en avait commandé vingt-quatre bouteilles.

Je me souviens du fou rire le soir où il était rentré avec un tout petit diamant à monter sur l'opercule. Je me souviens que j'étais sincère lorsque je lui avais dit oui, sincère lorsque j'avais pensé que cela durerait toujours.

Je me souviens de la première souffrance qui annoncerait plus tard mes manques – j'ai vingt ans, il dévore mon sexe, mais ce n'est pas le mien.

Vingt ans.

— *Déjà !* avait dit la petite chèvre.

86

« Elle avait écouté les clochettes d'un troupeau qu'on ramenait, et s'était sentie l'âme toute triste. Un gerfaut qui rentrait l'avait, en passant, frôlé de ses ailes. Elle avait tressailli. »

Étape 2. Château de Berne.

87

Le médecin est charmant – accent du coin qui donne aux mots violents la légèreté d'un chant.

Il examine le dossier d'Olivier, s'entretient au téléphone avec le docteur Haytayan, et, après un nouveau bilan sanguin, un nouveau scanner, il ajuste les doses de morphine, ordonne des séances de kiné, un rendez-vous avec un diététicien puisque les goûts d'Olivier changent sans cesse désormais – il ne supporte plus le fromage, la viande, les œufs, les compotes, hier c'étaient les laitages, le pain, le café –, et bien évidemment, le médecin est contre mon idée de louer un petit scooter, mais je le fais quand même.

Vieille promesse que nous nous étions faite, Olivier et moi, à l'époque où nous pensions avoir du temps, une balade italienne en Vespa, Monteriggioni, Colle di Val d'Elsa, Volterra, un parfum de *Vacances romaines* en Toscane, mais les années ont passé, les promesses se sont évaporées et les vies gâchées.

Il fait beau.

Nous sommes attachés l'un à l'autre, avec deux longues écharpes en laine, parce qu'il lui est difficile de s'agripper à moi – ses bras n'ont plus de force.

Sur la selle du scooter pétaradant, nos corps n'en font plus qu'un, méchant, disgracieux, loin de l'élégance virtuose des corps légers du ballet de *La Nuit transfigurée* ; nous roulons sur la longue route chaotique qui mène au château de Berne, au travers des vignes palissées, des pins parasols, de quelques chênes, quelques cyprès, le soleil allume les jeunes grappes comme des ampoules de guirlandes, des oiseaux s'envolent à notre passage, des faisans s'enfuient, des renards disparaissent, et dans mon dos, le corps arrimé d'Olivier penche dangereusement dans les virages, alors je ralentis, je crie nous sommes en Italie ! Nous sommes arrivés, Olivier ! Regarde, on voit Sienne là-bas ! On voit Monteriggioni ! Je crie fort pour que ma peine ne s'entende pas, je crie je suis heureuse avec toi ! Je crie j'aime te sentir collé à moi ! Je crie on va s'envoler ! Je crie je t'aime ! Et puis la roue avant du scooter plonge brutalement dans un trou sur le chemin, et nous tombons tous les deux, l'engin continue seul sur quelques mètres, nous restons soudés l'un à l'autre, sur la berme terreuse, immobiles, j'ai soudain très peur mais après quelques secondes de surprise, tu te mets à rire, ton rire entraîne le mien et cela, Olivier, est l'un des plus beaux souvenirs de nous, et je t'en remercie.

88

Le château de Berne, à la sortie de Lorgues, vers Salernes, est planté depuis le dix-huitième siècle au cœur de cinq cents hectares de nature, de chênes, une extraordinaire pinède qui protège les vignes des vents, des grêles et des gelées – c'est un endroit perdu où nous essayons de nous retrouver.

La chambre – deux grands lits, murs blancs, parquet gris, meubles patinés – donne sur la forêt, et il nous semble être dans une cabine à la proue de la *Molly-Aïda*, immobilisée au cœur de la jungle péruvienne, où Fitzcarraldo avait rêvé de faire entendre Enrico Caruso chantant Verdi.

Après que le kiné est parti, nous descendons au Bistrot, nous nous installons à une table en terrasse, dans la chaleur douce du soleil du soir. Nous suivons le conseil du sommelier, goûtons le rosé du château – une robe élégamment saumonée, brillante, aux reflets irisés. Olivier, toujours précis, relève des arômes intenses avec un mélange de fruits à chair jaune et de zestes d'agrumes et, pour que le mariage des saveurs soit parfait, il commande une assiette d'artichauts épineux au basilic, des rougets grillés.

Il se sent bien ce soir, il appelle les enfants, il retrouve un peu d'appétit ; le soleil dore sa peau, il est beau, et à le voir rire, à l'écouter parler, nul ne pourrait imaginer les désastres que le cancer a déjà causés en lui, ce massacre, deviner qu'il vit là, un verre de rosé à la main, les dernières heures de sa vie, les derniers jours.

Plus tard ce soir-là, nous rencontrons Jacques.

89

Je laisse Olivier seul, le temps d'aller chercher un gilet dans la chambre – le temps surtout d'y étouffer une vague de cafard, parce que en le regardant boire et rire et parler du lendemain, d'une entorse qu'il souhaite faire aux vins de Provence pour un saint-julien, je me suis mise à penser que c'était son dernier avril, qu'il n'atteindrait sans doute jamais le jour de sa fête, au milieu de l'été ; le temps d'y épuiser mes tremblements incontrôlés parce que je mesure l'immense injustice à voir une vie écourtée, mon insuffisance absolue, notre impuissance à tous à retenir quelqu'un qui sombre : nous n'avons pas cette force-là, aucun des amours dont nous sommes capables ne peut empêcher une chute.

Le silence gagne sur les rires.

Les brumes dissolvent les images.

Les regrets envahissent ceux qui restent.

Et puis on finit par se lasser des regrets.

On finit par survivre.

Un peu honteux.

Mais même la honte finit par se dilacérer.

90

Je dirai que j'ai connu la joie immense d'être passée, celle d'avoir dansé sur la Terre, celle d'avoir été en vie, d'avoir vu la lueur des étoiles, celle d'avoir goûté à la pluie, aux frissons, à quelques vertiges, d'avoir été heureuse, totalement, inconsidérément, et ce, malgré les foudres mauvaises, les sillages éphémères, les trahisons, les crépis d'ombre et tout ce qui, un jour, nous abandonne et nous isole – oui, malgré tout cela, je dirai encore que le plus beau reste à venir.

91

Des âneries pour les dindes.

Jacques est assis avec Olivier à la table où je l'ai laissé quelques instants plus tôt. Ils ont commandé une seconde bouteille de vin, rouge cette fois – des notes de framboises, de groseilles, de cerises, de fruits secs et, à les en croire, une affable finale de café, confiture de pruneaux et chocolat –, parfait avec les fromages *sérieux* qu'ils se partagent.

Je lui rapporte un gros pull, le soir est frais, un peu humide.

Il me présente Jacques – la soixantaine, cheveux et barbe blancs, un beau sourire prudent.

Jacques a fait carrière dans la publicité où il a été un brillant rédacteur. Il a gagné des prix. Est assez rapidement devenu directeur de création, ce qui signifie entre autres, précise-t-il amusé, un gros salaire, une grosse voiture, une jolie assistante. D'autres campagnes de pub, d'autres prix, un divorce, et puis l'ennui. L'envie d'autre chose. De se rapprocher de soi. De fuir les réunions interminables. Les compromis. Il raconte les photos de Sharon Stone ou de Jane Fonda, tellement retouchées qu'il était obligé de mentionner leurs noms sur les annonces afin que le public les reconnaisse. Il était parti avec pas mal d'argent, avait essayé d'écrire un livre. Un roman sur tout ça. Quelque chose qui aurait dû être important. Utile. Définitif. Mais voilà, entre les cinq lignes d'une *bodycopy* sur un antirides, dit-il, et les trois cents pages d'une vie, il y a un abîme, et j'y suis tombé. Il a quitté Paris, s'est installé dans le Sud. Dans une minuscule galerie d'art au Thoronet où il vend aux touristes des plaques de bois local (chêne-liège, châtaignier, cèdre) gravées d'aphorismes que la « vie » lui inspire. Exemples. *La vérité est en toi. Lève-toi et change le monde. L'autre est un chemin. Chaque matin est le début d'une vie. L'amour est le moteur le plus écologique.* Etc. Déclinaisons sur tee-shirt. Sur mugs. Casquettes et charentaises sur commande. Et puis l'envie d'écrire des phrases plus longues est revenue. Il s'est alors offert une semaine ici, au château de Berne, pour s'y remettre. Au calme. Au cœur de la pinède. Au milieu de la beauté.

— Et ? demandé-je.

— C'est la première phrase la plus difficile, répond Jacques.

Et nous rions. Je suis heureuse de te voir rire. Tu dis ton mal à Jacques, et après s'être renfrogné, il te parle d'espoir. Il dit, l'espoir est le sentiment le plus puissant que l'on puisse connaître, plus puissant que la haine, que l'amour, plus puissant que la terreur ou la violence. Ne me fais pas une de tes phrases à la Almanach Vermot, lances-tu joyeusement. Mais Jacques ne rit plus. Il a peur pour toi. Il te demande si tu es sûr de ton choix. Tu pourrais croire en la science, dit-il, espérer être sauvé, ça s'est vu, des gens qu'on pensait foutus, il y a des guérisseurs, des magnétiseurs, de la médecine douce, des homéopathes, il y a Dieu, il y a les médiums africains, quelques bouddhistes, il y a mille possibilités pour te sauver, tu pourrais voir tes enfants grandir, voir toutes les belles choses dont tu as envie, je ne sais pas, moi, le Bhoutan, Venise. J'ai vu tout ça ces dernières semaines, réponds-tu, peut-être pas le Bhoutan ni Venise, mais j'ai passé des heures inoubliables avec Emma, sans aucun doute les plus belles, et dans quelques jours, nos enfants, nos amis, et toi j'espère, serez tous là, on se dira qu'on s'aime et ça sera sans doute vrai. Mais, interrompt Jacques, tout ça, tu peux le faire sans – il hésite sur le mot – te condamner. Oui, lâches-tu dans un souffle, mais on ne l'avait jamais fait. On ne fait jamais ce qu'on devrait au moment où on devrait le faire. On fait toujours passer ceux qu'on aime en dernier. Et tu te mets à tousser parce que les mots se coincent dans ta gorge, tu commandes une autre bouteille, je veux te dire qu'on a assez bu mais je m'abstiens.

Nous restons longtemps à table, dehors. La température a baissé et le personnel nous a apporté des couvertures.

Jacques raconte ses campagnes de publicité pour Mercedes, tu trouves que leurs nouveaux modèles ressemblent à des Opel, tu lui parles de BMW, de design, de *wastegate*, de choses que je ne connais pas. Je vous regarde tous les deux, inconnus l'un à l'autre il y a trois heures encore. Vous ressemblez à deux vieux amis, deux jeunes garçons qui parlent bagnoles, qui parlent filles et qui, au fond, parlent de leurs frayeurs et de leurs espérances. Vous me touchez. Je vous trouve beaux. Vous êtes tellement vivants.

Puis nous remontons dans la Grande Suite afin que tu y prennes ta dose d'Actiskenan, et que tu t'y reposes enfin, bercé par le crépitement du feu dans la cheminée.

Au moment où j'éteins la lumière, d'une voix sèche tu me dis :

— Je préfère danser le temps qu'il me reste à vivre, plutôt que me reposer.

Dans le noir, tu ne vois pas cette perle de mercure sourdre à mes yeux.

Plus tard, parce que je ne trouve pas le sommeil, je redescends seule – l'envie d'un verre encore, et puis d'un autre, besoin de laisser au vin triste le dernier mot : colère, blues, haine, qu'importe ; et le serveur du Bistrot m'apporte une grande récolte 2012, fruits noirs frais, vanille et griottes, plus de sabot, de poils de bique ou de lèvres douces, cette nuit je veux boire, même de la piquette comme en servait parfois Mimi au camping, boire, juste ça, parce que je ne peux pas crier, pas tout casser autour de moi, boire jusqu'à tomber, parce que le départ des hommes que j'aime réveille en moi une colère méconnue.

— Je vais me soûler avec toi.

Je sursaute, lève la tête.

Jacques me sourit. Il est en peignoir, les cheveux en bataille.

— J'étais en train de fumer à la fenêtre de ma chambre, je t'ai vue, figure-toi que, moi aussi, j'avais envie de quelques derniers godets.

Je réponds à son sourire et je vide mon verre, le remplis à nouveau et le lui tends, il le descend à son tour. Deux petits pochetrons efficaces. J'essaie de te rattraper, dit-il. Alors, je lui en verse un autre et encore un autre, et le serveur nous apporte une nouvelle bouteille avec un second verre.

Jacques prend dans les siennes mes mains qui tremblent.

— Je sais que j'écris beaucoup de conneries sur mes plaques de bois, mais qu'est-ce que tu veux, les gens adorent. Un jour, une dame m'a même demandé si j'avais quelque chose sur les chiens, je n'avais rien, je lui ai dit de repasser le lendemain. Sur un bois ordinaire que j'avais récupéré d'une niche, j'avais gravé d'un côté *Mon chien c'est ce qui me donne du chien*, et de l'autre, *Il n'y en a qu'un qui m'aimera toujours et ne me jugera jamais : mon chien*. Elle en a été folle de joie et pour me remercier elle m'a envoyé toutes ses amies : c'est ainsi que je me suis mis à écrire des âneries sur les chats, les pinsons, les hamsters, et même une dinde.

Il me tient toujours les mains, mes tremblements semblent s'apaiser.

— On pense que je ne suis bon qu'à écrire des niaiseries, mais à toi je peux le dire, parce que tu sais faire la part des choses, parce que tu cherches des réponses, Emma : il ne faut pas essayer de comprendre pourquoi les choses arrivent, pourquoi le cancer d'Olivier est revenu, pourquoi ça lui est arrivé à lui. Il y a des personnes qui estiment que si on comprend pourquoi la maladie est venue, on en guérira. C'est simplement refuser d'accepter le mystère. Il y a un mystère de la vie, un mystère de la mort, Emma, un mystère de notre condition humaine si vulnérable. Il faut accepter qu'il y ait des choses plus grandes que nous, sur lesquelles nous ne pouvons rien. Ça nous remet à la bonne proportion dans l'univers.

Étape 3. Château de Saint-Martin.

92

Dans les jours qui suivent, nous écoutons en boucle *Tabula rasa II*, d'Arvo Pärt, et l'*Ave Maria* de Caccini.

Nous mangeons des Rochers Suchard, ce que nous n'osions jamais faire pour de futiles raisons esthétiques – surtout moi.

Nous regardons ton film préféré, et le mien (en mangeant des Rochers Suchard – surtout moi).

Nous parlons par Skype avec Léa. Elle demande comment elle pourra te toucher quand tu seras parti. Si tu crois aux fantômes. Si tu en seras un. Elle demande si tu as peur, et ses grands yeux se troublent.

— Est-ce que tu sauras ce que je deviens, papa ? Est-ce que tu me verras ?

Nous buvons un léoville-poyferré 2009 sur une plage de Saint-Raphaël en regardant le soleil tomber dans l'eau, comme une orange qui roule et chute et disparaît sous un meuble.

Dans une rue de Taradeau, tu dis à quelqu'un que tu es en train de mourir, et il baisse la tête, accélère le pas.

Une nuit, je panique parce que je ne retrouve pas les gélules de Moscontin et que nous devons aller à l'hôpital en urgence pour t'en faire délivrer de nouvelles. Panique. Arythmie. L'incroyable dévouement des ambulanciers.

Tu dis à nouveau à quelqu'un d'autre, dans la rue, que tu es en train de mourir, et cette fois, cette personne te demande s'il peut réaliser un de tes rêves. Tu lui souris et ne dis rien.

Devant l'office de tourisme, tu essaies de donner la grosse BMW, mais les gens rient, croient à une émission de Caméra cachée. Tu jures que ce n'est pas ça, que tu l'offres parce que tu n'en as plus besoin, parce que tu t'en vas, et un homme te demande comment tu peux partir si tu n'as pas de voiture ; tu réponds que tu as un cancer, que tu ne l'emporteras pas avec toi, et l'homme te demande alors son kilométrage, sa puissance, ses options, combien elle consomme, combien tu en veux, et tu répètes, je vous la donne, et il te traite d'escroc et de voleur. Il dit que c'est le monde à l'envers si les bourgeois commencent à truander.

Nous mettons une heure à trouver le téléphone d'un certain Frédéric Jeanmart – que je ne connais pas, c'est l'un de tes amis d'enfance. Tu l'appelles. Il ne te remet pas tout de suite. Vous évoquez une cour de récréation. Un goûter. Une voisine. Puis tu lui demandes pardon. Je ne saurai jamais de quoi. Et je vois ton visage apaisé, malgré la douleur qui se réveille, les postillons de sang, de minuscules confettis.

Nous nous disons des choses que nous n'avons jamais osé nous dire. Que tu aurais aimé faire l'amour à une femme noire, longue, poivrée. Que tu adores Caroline parce qu'il y a en toi des obscurités qu'elle accepte. Qu'elle illumine. Moi, que je t'ai haï le jour où tu m'as – je ne trouve pas les mots –, le jour de mes premières larmes avec toi, et cela te met en colère. Je te dis que nous n'avons plus de temps pour la colère. Je te dis que je jouissais assez peu avec toi. Mais que j'aimais le plaisir que tu prenais avec moi.

Que j'aimais ta soif.

Tu trébuches sur la passerelle de bois qui mène au Jardin romantique, au château de Saint-Martin, et je n'ai pas la force de te relever. Je hurle. On accourt. On te porte comme un roi jusqu'à notre chambre. Le médecin augmente encore le dosage des opiacés et tes yeux semblent s'éteindre, comme des braises au matin, lorsque la chaleur cède la place au froid.

Nous parvenons à entrer en contact avec la scénariste Alexandra Clert pour qu'elle nous raconte la prochaine saison de la série *Engrenages* que tu aimes tant – elle accepte, à la condition, bien sûr, qu'on ne la dévoile à personne, pas même là où je vais ? demandes-tu, et, dans le combiné, le rire d'Alexandra Clert est chaud et amical.

Un après-midi – la veille du jour où ils arrivent tous –, nous sommes allongés côte à côte sur le grand lit à baldaquin de lady Chatterley. Le sommier grince. La fenêtre est entrouverte. Les rideaux bruissent. Ta respiration est forte. Menaçante. Nous restons longtemps immobiles. Silencieux. Par superstition. Puis, à la venue du soir, quand le ciel rougeoie, nos doigts se cherchent. Se touchent. Puis nos mains. Nos bras. Ma bouche se pose sur ton épaule. Elle effleure ton torse. La chaleur perdue. Le sel. Elle goûte le fer de ton sang. Trouve les grilles tordues de tes côtes. Tes doigts redécouvrent mes seins lourds. Ma peau fraîche, frissonnante. Mon dos. Mes reins. Il y a quelque chose de très doux dans chacun de nos gestes, et d'éreinté dans nos faims. Plus tard, même si je n'ai jamais aimé ça, simplement parce que toi tu aimes, je te prends un instant dans ma bouche, ton sexe se gonfle à peine, trop épuisé. Tu as juste un soupir, long, comme une tristesse de cordes dans un quatuor de Dvořák.

Plus tard, ma tête se niche dans ton cou. S'y emboîte une dernière fois.

Nos corps se disent au revoir.

Ils se séparent, comme finalement ceux des danseurs de *La Nuit transfigurée* – parce qu'il n'est rien en ce monde qui ne naisse ni ne s'achève en déchirure.

Ce soir, il en est fini de ces pays.

Il en est fini de nos îles.

93

J'ai prévu de te garder avec moi pendant toute une journée, après que tu seras parti.

94

« — Mais, malheureuse, tu ne sais pas qu'il y a le loup dans la montagne... Que feras-tu quand il viendra ?... »

95

Je dois te dire, Alexandre, que le corps d'Olivier et le mien se sont fait leurs adieux.

Je dois te dire que c'était grave, douloureux, mais que ce n'était pas triste. Sa peau était froide et son sexe mort dans ma bouche.

Je t'écouterai me répondre que tu savais, qu'on ne reconnaît avec certitude que les dernières fois et, pour la première fois, tu me diras que tu m'aimes, tu me diras que le présent est immense.

Qu'il est désormais ma terre.

Je te demanderai alors de t'y installer avec moi. Et ce sera un oui, comme pour un mariage.

Comme pour un bal.

Un vertige.

96

C'est le plus beau des trois.

Un château qui tient d'ailleurs davantage d'une imposante et confortable maison de famille que d'une *forteresse*. Murs patinés, couleurs italiennes – des pans lépreux, comme des larmes de pierres. Des crépis d'ombres. Tiédeur bienveillante des frondaisons des chênes gigantesques, dont les feuilles nouvellement écloses dessinent des moineaux immobiles sur les murs, sur le bleu des tables en fer, comme des petits ciels, dehors, sur les bancs de bois, dans les parterres de fleurs jaunes et blanches. Plus loin, le Jardin romantique auquel on accède par un petit pont : haies taillées avec une approximation joyeuse, statuettes de pierres dissimulées ici et là qui semblent rire de nous, et, suspendues au-dessus de nos têtes, des cages de bambous, de grillages, avec de faux oiseaux à l'intérieur, comme pour nous rappeler que les vrais ne s'emprisonnent pas – cela m'évoque la poésie brouillonne du jardin de Colette, à La Treille Muscate, celle-là qui lui a fait écrire : « Aurais-je atteint ici ce que l'on ne recommence point[15] ? »

Au premier étage, la chambre Juigné où, comble de l'ironie, des scènes de *Lady Chatterley* ont été tournées. Les fenêtres donnent sur le parc et, tout au fond, la piscine de pierre. La chambre est fraîche à cause des tomettes rouille au sol qui restent froides en toutes saisons – papier peint fleuri, délicieusement vieillot, mobilier Louis XVI provençal, une petite table ronde sur laquelle j'écris, quand Olivier dort – et puis le lit à baldaquin, le matelas épais, mou, dans lequel le corps si léger de mon mari ne s'enfonce même plus, ce lit qui ressemble à une dernière île.

Le château de Saint-Martin. C'est le plus beau des trois. C'est le dernier.

Une terre sainte.

Sophie et Maurice arrivent dans l'après-midi en voiture, avec, à bord, une surprise magnifique pour moi : Mimi – Michèle plutôt, dans son élégant tailleur de dame. Et on ne se moque pas, la môme, c'est un rendez-vous. Une fête.

De leur côté, ma mère, Louis et Léa descendent en train, louent une voiture à la gare de Draguignan et nous rejoignent dans la soirée.

Manon a trouvé un vol Londres-Nice, Jacques va la chercher à l'aéroport et la conduit ici. En arrivant, il m'offre un cadeau, souvenir de mon ivresse amère au château de Berne, une bouée sublime – une plaque de palissandre du Brésil, sur laquelle, avant de la vernir, il a gravé : *Si la raison ne te donne pas de réponse, cherche-la dans la poésie.*

Les quatre autres chambres d'hôtes du château sont pour nous – elles portent des noms délicieusement kitsch : Marquise, Marquis, Empire et Meursault (en hommage, ai-je appris, à Anna de Meursault, fille du propriétaire du château de Meursault en Bourgogne, et femme de l'arrière-grand-père de la comtesse de Gasquet, Thérèse, laquelle habite ici et nous salue chaque jour) ; quant à Mimi, qui ne peut dormir au château, elle est hébergée par Jacques, à quelques kilomètres – Jacques, chez qui, la première nuit, ils dégustent du cherry brandy, à petites gorgées insidieuses ; l'eau-de-vie leur offre un raccourci inattendu, ils essuient quelques larmes de rires, d'autres de regrets, et entre celle qu'on appelait Madame du temps de sa splendeur et le poète graveur sur bois, *L'amour est une rose sans épine*, c'est une collusion soudain, une vraie rencontre, une histoire de mots qui s'épousent, vous êtes belle, vous êtes troublante, et vous, vous êtes un chêne et un peuplier à la fois, j'aime ça – un baroud d'honneur, m'avouera plus tard Michèle, alors belle comme une évidence, les joues empourprées, les mains chaudes, un dernier coup de foudre, mon petit, une dernière grâce, alors qu'on ne croyait plus aux grelots et à la mansuétude des hommes.

Il n'est jamais de beauté totalement enfouie.

97

Avant qu'ils soient tous là, que nous soyons tous réunis, que viennent les *adieux qui s'éternisent,* Olivier m'entraîne dans la petite chapelle Saint-François, à Lorgues : une cinquantaine de chaises, une voûte en berceau plein-cintre, blanchie à la chaux, et derrière l'autel de marbre et d'or, dans une niche, la statue du Sacré-Cœur, flanquée à sa gauche de celle de saint Joseph et à sa droite de celle de saint François d'Assise.

Une dernière fois ensemble.

Il s'assied au premier rang et je reste auprès de lui.

Il respire profondément, comme on le fait lorsqu'on cherche à faire le vide en soi. Il regarde autour de lui, un peu perdu. Il se frotte les mains parce qu'il fait frais, presque froid. Il tousse, et l'écho de sa toux le surprend.

Il garde longtemps les yeux fermés.

Plus tard, avant de les rouvrir, il les frotte, et ils sont rouges. Il prend ma main dans la sienne, sa main est glacée et elle tremble. Il ne me regarde pas. Il chuchote. Il chuchote si bas que je dois pencher mon visage, approcher mon oreille de ses lèvres. Il dit des mots que je ne lui connais pas. Qui ressemblent à une prière. Il demande s'il peut rester encore. Quelques mois. Une petite année. S'il te plaît. S'il Vous plaît. Même si j'ai dit que je ne me battrais pas. Même si nous devons honorer nos promesses et partir quand il est temps. Il tourne son visage vers moi, et c'est son visage d'enfant. Blanc. Lisse. Lumineux. Que je n'ai vu que sur les photos. Son visage d'avant la violence. Il me sourit. Il dit : peut-être que c'est vrai, tout ça, Emma, qu'on peut être sauvés, qu'on peut rester tous ensemble, maintenant, ou plus tard, je veux dire un jour, on est peut-être tous réunis. Je ne sais pas. Je ne veux pas l'exclure ce soir, je ne veux pas croire que ce n'est que ça. Qu'on n'a que ça.

Cette brièveté.

Je le regarde. Je ne pleure pas. Les larmes n'ont jamais rien fait pousser.

Et lorsque son nez se remet à saigner, je recueille du sang sur mes doigts, je le bois, et je sais qu'il est en moi pour toujours.

98

Tu ne m'as jamais parlé de Dieu, Alexandre. Nous n'avons pas eu le temps.

Crois-tu qu'il y eut quelque chose avant nous ? Qu'il y aura quelque chose après ? Après toi et moi ?

Ou crois-tu que l'amour ne laisse que des cendres ?

Crois-tu que nous avons péché ?

Que nous avons été si terriblement humains ?

99

Dans la chapelle, tandis qu'Olivier, les yeux fermés, les mains réunies, les doigts noués, cherche, je suppose, à ressentir une présence autre que la mienne, je me dis qu'on s'interroge ici sur la vie après la mort, alors qu'il y a beaucoup plus important que la vie après la mort.

La vie avant la mort.

Cette minuscule trajectoire miraculeuse.

100

Dehors, la nuit est *noire, assoupie, et profonde*.

Il n'y a pas de vent. Les criquets ne stridulent plus. Un silence terrifiant. Affolant.

Alors je deviens un cri.

101

Tandis qu'à l'heure des désastres obscurs, le Sévrédol étouffe, pour quelques moments encore, la douleur d'Olivier, que son corps tressaute lorsque la souffrance fait mine de s'éloigner, je pense à ce trop bref cheminement en compagnie d'Alexandre, à ces quelques sillons de désir que nous avons tracés et qui n'auront eu le temps d'aucune germination, à ma jouissance malgré l'absence, si surprenante, si intense qu'elle m'a fait découvrir que le plaisir ne possède pas seulement le langage des cris, des larmes, ni même celui des rires, mais aussi celui, si complexe, presque religieux, de la beauté du silence.

Je regarde le corps d'Olivier habité par la douleur, ce corps qui finit par habiter la douleur elle-même, ce gisant calme, comme une aumône de la nuit, une piété d'ombre, et je ne peux m'empêcher de penser à celui de mon père, échoué dans un lit du Centre Oscar-Lambret, un masque à oxygène sur le visage, quelques perfusions, comme des maléfices, plantées dans le dos de sa main, dans sa poitrine, les poils blancs, la peau violette par endroits, les grains de beauté que je ne lui avais jamais vus, ce corps dépouillé, atrophié, dans les bras duquel je n'avais plus plongé depuis l'enfance et les promesses de tigres, d'Amérique, d'Ateliers mécaniques un mercredi après-midi, je me souviens de l'avoir regardé dormir, c'était la première fois que je le regardais dormir, normalement, ce sont les pères qui veillent sur les enfants, les pères qui s'épuisent, qui les préservent du mal et de la brutalité des désirs, et j'avais alors deviné la douleur des pères, leur terrible impuissance, et j'avais pris sa main froide et bleue dans la mienne qui était petite encore, je n'avais pu lui serrer que trois doigts, je les avais serrés aussi fort que possible, mais ils étaient restés de pierre, il avait à peine grogné, j'avais profité de ce fugace sursaut pour lui demander s'il avait peur, s'il était en paix, s'il croyait aux anges, au pardon des péchés, à ce qu'on nous promettait à la messe du dimanche, « Je suis la résurrection et la vie : Celui qui croit en moi, même s'il meurt, vivra », pour lui demander s'il avait aimé que je sois sa fille et il avait grogné, la gorge desséchée, du papier de verre, et de sa main libre il avait soulevé le masque de plastique et chuchoté :

— Éteins-moi.

Je l'avais alors étreint au plus près de moi – j'avais mal compris.

Sa mort m'a laissée sans réponse, j'ai grandi dans ce froid et, trois décennies plus tard, les flammes de la fourrure d'une bête sauvage m'ont réchauffée et j'ai enfin su que je l'avais toujours aimé et reconnu que je ne le lui avais jamais dit.

Les mots qu'on ne dit pas sont ceux qui font le plus de mal.

102

Alexandre était un incendiaire et j'avais eu envie d'être enflammée.

Il était un cartographe qui avait relevé mes failles.

Un homme qui avait deviné ma grammaire.

103

« Enfants, regardez bien toutes les plaines rondes / La capucine avec ses abeilles autour / Regardez bien l'étang, les champs, avant l'amour / Car après l'on ne voit plus jamais rien du monde[16]. »

104

Je veux qu'on rie.

C'est une journée radieuse, ciel de carte postale. Nous sommes seuls dans le château, seuls dans le Jardin romantique où une grande table est dressée, nappe blanche, assiettes blanches, argenterie ternie, bosselée, vin d'ici, la grande réserve, robe sombre aux reflets rubis, nez fruité – cerise et fraise –, un palais aux tanins fins, un vin joyeux qui coule à flots, et le repas de printemps composé par un chef virtuose de Vidauban, puisque le château n'a pas de restaurant.

Il fait beau depuis l'aube, une aube tiède, confortable. Olivier a mal dormi. Il s'est réveillé essoufflé. Violente migraine. Confusions. Envahissement du langage par la plainte. Vomissements. Une heure de kiné lui fait du bien. Depuis deux jours, le médecin augmente fortement les antidouleurs – il m'a prise à l'écart : toutes les deux heures surtout, ne ratez pas une prise, son corps ne tient qu'à un fil, tout lâche à l'intérieur, c'est un drame de magnitude 9, sans médicament, la douleur serait inimaginable, même la médecine n'a pas de mots pour ça, imaginez juste un piano sur votre poitrine, c'est ça le mal que ça lui ferait. Un petit piano, cent quarante kilos. Une douleur inhumaine. Il n'aurait même plus la force nécessaire pour crier. Je n'ai pas osé demander le temps qu'il lui reste, parce que avant de partir, le docteur m'a dit d'une voix prévenante, c'est bien que vous rassembliez votre famille maintenant, autour de lui, et qu'à ce moment-là, j'ai eu ma réponse.

Olivier s'est endormi comme une masse. Je descends dans le jardin, mais n'y trouve personne. J'entre dans le bâtiment où sont la boutique et l'espace de dégustation des vins, dans les odeurs d'alcools, de bois humides, de champignons, et j'y croise ce stagiaire qu'on nous a présenté la veille, dix-neuf ans, vingt peut-être, grand, la peau claire, les mains solides, je lui fais alors signe de s'approcher, à peine est-il à ma hauteur que je l'agrippe par les bras, l'entraîne, comme un mouvement de valse, dans le petit couloir où se dissimulent un escalier, un lavabo, je le pousse contre le mur, la surprise le tétanise un instant, mon audace empourpre mes joues, mon souffle s'emballe, j'attrape ses grandes mains, les pose sur mes seins, caresse-les, écrase-les, je fais glisser l'une d'elles vers mon ventre, touche-moi, s'il te plaît, touche-moi, mon mari est en train de mourir, je veux me sentir vivante, et les doigts gourds du gamin se mettent à remuer, il ferme les yeux, je me colle à lui, je murmure à son oreille, c'est bien, c'est bien, merci, continue, fort, tu ne me fais pas mal, et le souffle haletant du garçon est chaud et aigre dans mon cou, ses lèvres cherchent ma bouche, mais je détourne mon visage, je ne veux pas d'un baiser, pas de lui, pas sa langue, pas cette tragique intimité, juste ses doigts maladroits, empressés, qui m'écrasent, me pincent et soudain, le bruit d'un pas dans l'escalier nous pétrifie, je reconnais ce claquement de doigts, cette semelle qui tape en rythme sur le carrelage, j'entends la voix éraillée, amicale, qui entonne « Pas de boogie-woogie avant de faire vos prières du soir[17] », et je me retourne vers Maurice, heureuse tout à coup, sans savoir pourquoi, j'ouvre les bras, le garçon s'enfuit comme un animal effrayé qu'on libère d'un piège, et nous éclatons de rire tous les deux, l'homme qui chante les mots d'un autre, et moi, la femme perdue, un rire sauvage – deux bêtes épargnées.

Les enfants, la veille, ont été bouleversés de revoir leur père. Léa a caressé son visage blême, embrassé ses yeux éteints. Elle a touché ses cheveux, il lui a dit que ceux qu'elle avait à l'époque dessinés au feutre étaient plus beaux. Louis s'est tenu à distance, Olivier lui a fait signe de s'approcher. Il lui a longuement chuchoté à l'oreille et notre fils s'est mis à pleurer avant de recueillir son père au creux de ses bras. Manon ne m'a pas adressé la parole depuis qu'elle est arrivée, elle a voulu être seule avec lui, et je ne sais donc pas ce qu'ils se sont dit.

Mais plus tard, cet après-midi-là, lorsque Maurice entonne « Le Moribond » à la demande de Louis, mes enfants s'approchent enfin de moi, ils attrapent mes mains, ils chantent en pleurant et en riant parce que leur père pleure et rit en même temps, ils sont beaux dans leur chagrin à quitter si brutalement la douceur de l'enfance, le temps de la chanson est celui de nos retrouvailles, de nos chairs à nouveau ensemble, mêlées, de nos parfums lointains, le lait dans le cou de Manon, le Benco sur les lèvres de Louis, l'herbe coupée dans les cheveux de Léa ; plus tard, cet après-midi-là, lorsque chacun comprend qu'il faut laisser partir ceux qu'on aime, apprendre à les laisser se couler en nous, il y a un dernier moment de grâce ; et tout à coup le vent fraîchit, la montagne devient violette, et je me souviens du *déjà* de la chèvre de M. Seguin, je songe à tout ce qui arrive si vite, à tout ce qu'on n'a pas eu le temps de goûter jusqu'à satiété, à tout ce qu'on n'a pas assez porté, pas assez pétri, pas assez dévoré, tout ce qu'on perd à l'instant même où il arrive.

Lorsque Olivier s'endort, nous nous retrouvons, nos enfants et moi, dehors, dans la nuit humide, et nous parlons de lui ; Mimi apporte des couvertures et du vin et Manon lui demande de rester avec nous – Louis la salue d'un « ahuava » poli qui nous fait tous sourire (comprendre : salut, ça va ?). Jacques nous rejoint, puis ma mère, puis Sophie et son chanteur, et nous sommes alors un seul corps, un seul souffle. Nous parlons bas pour ne pas réveiller les maléfices de la nuit. Nous buvons à Olivier. Nous buvons à nos vies et à tout ce qui nous relie. Léa porte un toast à la beauté des étoiles parce que chaque étoile a été quelqu'un, dit-elle, elle boit le premier verre de vin de sa vie, un rosé enjoué, ses pommettes semblent s'allumer comme deux ampoules de

14 Juillet, elle en réclame un autre, l'obtient, et nous nous en amusons tous. Plus tard, le stagiaire (son regard évite méticuleusement le mien) vient nous proposer d'allumer un feu si nous le souhaitons, les enfants crient oui ! oui !, ils vont même ramasser avec lui des branches mortes dans le Jardin romantique, le bois sec prend vite et les flammes montent haut dans l'obscurité, elles font briller nos yeux, chauffent nos corps, dessinent des ombres dansantes et joyeuses sur nos visages. Ma mère est la première à rejoindre sa chambre, parce qu'elle a froid, malgré le vin, malgré le feu ; puis Maurice, que l'alcool aura épuisé ; quant à Mimi, que les enfants regardent et écoutent, fascinés, elle nous tient en éveil longtemps avec ses histoires de camping – un nouveau-né un jour oublié dans les douches, une grand-mère qui cherchait son dentier et que personne ne comprenait, une perruque rousse retrouvée avec les boules de pétanque, et des culottes, mon Dieu, des dizaines de montantes, à ne savoir qu'en faire – des mouchoirs, suggère Louis. Des vêtements de poupée, propose Léa. Des bonnets pour les chauves, renchérit Louis en désignant la fenêtre de la chambre de Maurice. Leurs idioties nous enchantent.

Nous sommes vivants.

Ma mère a coupé ses cheveux court. Je me souviens qu'elle les avait coupés aussi court lorsque mon père est mort. Cela lui donne un visage plus enfantin, un peu perdu, et perdue, elle l'est. Plus tôt dans la soirée, elle a dit je me noie, le chagrin est un tumulte, un fleuve dangereux, il coupe les doigts à la surface de l'eau et on ne voit pas nos cris. À table, elle s'installe à côté d'Olivier – lorsqu'elle le regarde, elle se met à pleurer, et lorsqu'elle ne le regarde pas, elle pleure aussi. Alors il essaie de la distraire avec des apophtegmes de Jacques, dans du châtaignier ceux-là, *La mort est une naissance*, *La joie coule en nous comme du sang, ouvrons nos veines*, mais cela ne l'amuse pas du tout, comment pouvez-vous, Olivier, rire de tout cela, pareille abomination, pareille tragédie, et le rire d'Olivier, même s'il a désormais plus de mal à louvoyer dans son corps dévoré, est encore beau et généreux.

Olivier prend ma main, l'embrasse ; le vin l'enjoue, semble l'alléger ; je te remercie pour tout ça, Emma, ce repas, cette fête, ah si elle pouvait durer un peu, toute une vie tiens, pourquoi a-t-il fallu attendre ça ? Allez, buvons, buvons encore, il est bon ce vin, il est facile, je n'en veux plus à ce type qui t'a rendue folle, Emma, qui t'a rendue belle, tu étais belle avec lui, belle comme je ne t'avais jamais soupçonnée, Olivier rit, il est ivre, quand je le croiserai là-haut, on parlera de toi, et tiens, tout à l'heure, je chanterai avec Maurice, et puis, plus bas : tu ne trouves pas qu'il est vilain quand même ? L'amour rend aveugle. À l'autre bout de la table, Maurice lève son verre dans notre direction. Sophie est formidablement amoureuse : il me donne des cours de chant, me confie-t-elle, tout excitée, on va faire des duos, comme Johnny et Sylvie à la grande époque de « J'ai un problème », oh Emma, comme je suis heureuse, dommage que je le rencontre si tard, et puis il fume trop, ça m'inquiète, pas pour sa voix, non, tu sais bien ce que je veux dire, aïe, oh pardon, ce n'est pas le moment, j'ai tellement de peine pour Olivier. Si tu savais. Mon amie. Ma sœur.

À table, en face des chanteurs, Mimi boit prudemment et Jacques boit ses paroles. L'homme est un cœur ou n'est rien, déclame-t-il. La veille, chez lui, il y a eu leurs mots, comme des fiançailles, cette électricité définitive, cette déferlante qui a emporté toutes leurs misères. Cette nuit, ils se tiennent par la main.

Nous sommes tombées dans les bras l'une de l'autre ce matin, Mimi et moi, sa venue était un cadeau, une miséricorde de mère – elle me faisait parfois penser à la mienne si d'aventure la mienne s'était aimée. Je serais venue pieds nus dans la neige pour toi, mon petit. C'est beau ce que tu fais. Tu colles ensemble mille morceaux de vie pour un immense souvenir, ça me bouleverse, Emma, tu as une tendresse rare, c'est ton diamant. J'ai connu l'ambassadeur d'un de ces pays d'hommes qui aurait donné sa fortune pour ce diamant-là. J'ai souri. Ça me donne envie de fumer, toutes ces émotions, et tu sais quoi mon petit, je vais le faire. Oui, je vais le faire. Et Mimi a allumé sa cigarette. Après dix ans d'abstinence. Elle a immédiatement retrouvé l'élégance du geste, le coude plié, l'avant-bras pointé vers le haut, le poignet cassé, une photo de Newton. Elle a aspiré goulûment, un appel d'air de nouveau-né, elle a laissé la chaleur se diffuser dans sa gorge, sa poitrine, un petit vertige, ses yeux si clairs se sont un instant retournés, ont viré au blanc, elle a eu un frisson extraordinaire, puis elle a recraché la fumée par le nez, par la bouche, et elle a eu un rire de femme ravie, un rire de femme ivre, oh mon petit, oh mon Dieu, c'est si bon, c'est presque indécent, et l'idée que cette petite dose de tabac peut aussi faire fondre mes kilos inutiles, encombrants, faire réapparaître ma silhouette – les mal élevés me sifflaient, tu sais – m'enchante. Parce que, même si Jacques a des mains pour les rondeurs, les hommes préfèrent les corps délicats, ça leur donne l'impression de les protéger. Il a des mots que je n'ai jamais eus, comme des fleurs qu'on ne m'a jamais offertes, des mots qui font croire à des choses qu'on pensait perdues, a-t-elle chuchoté. Il m'en a déposé quelques-uns hier soir, dans le cou, comme un collier de perles. Et j'ai soudain froid parce que je pense à Alexandre, aux mots que ses yeux avaient posés sur mes reins, à Lille, Brasserie André, à tous ceux que nous avions laissés s'enfuir de nos vies parce qu'ils étaient petits, sales et suspicieux. Parce que je pense à l'immense vide qu'il a créé en moi pour s'y installer, et qu'il n'est pas venu.

Nous ne sommes pas réunis cette nuit parce que Olivier va mourir, mais parce qu'il est vivant.

On parle de Dieu, on parle des anges et de nos pères, on parle de la musique, du vin, du vent et de certains orages, on parle de quelques livres, on parle de la laideur des automobiles d'aujourd'hui, des élégantes avec chapeaux à plumes à bord d'une Delahaye ou d'une Thunderbird, on parle de l'abjection des politiciens, on parle des étoiles et de l'infini, du fait qu'on est dans tout, dans le vent, dans les feuilles des arbres, dans l'eau des rivières, dans les pierres des forêts, dans les plumes des oiseaux, et dans les bouses de vaches ajoute Léa en pouffant, à cause du cycle de la terre, précise-t-elle, de la pluie, de l'herbe ruminée ; on parle de ça, on ne disparaît jamais tout à fait, on vit toujours, jusqu'à l'infiniment petit.

Avant le dessert – Mimi s'est acoquinée avec la comtesse-de-saint-martin, en blanc, un 2013, un petit poème celui-là, dit-elle, et Jacques, énamouré, éméché, lui chuchote à l'oreille, j'ai vu ta beauté, c'est toi le poème, tu es un rondeau ma Mimi, alors elle rit, grave-moi un rondeau sur un rondin, et caresse la joue du poète sur bois –, Louis nous amuse tous avec ses questions à Maurice. Pourquoi tu n'as pas plutôt choisi de chanter Goldman ? ou Renaud ? Je sais pas. C'est venu comme ça. Une révélation dans la douche. Saint Eddy t'est apparu ? Tu sais qu'Eddy Mitchell a dit du beaujolais que les bonnes années il nettoie le carrelage et que les mauvaises il le raye ? Ah ? Non, je ne savais pas. Moi, je l'aime bien, le beaujolais. Tu devrais quand même essayer une petite perruque, sur le devant, une banane. Louis ! Éclats de rire, rien de méchant.

Et puis mon fils lui demande de chanter Brel. « Le Moribond ». « Je veux qu'on rie / Je veux qu'on danse / Je veux qu'on s'amuse comme des fous [18]. » Maurice hésite, sa pomme d'Adam s'affole, parce que Brel, là, tout à coup, cette chanson-là, maintenant, c'est sérieux, comme du Bach dans une église. Mais il se lève quand même, titubant. Le vin d'un verre qui se renverse dessine une tache pourpre sur la nappe, une paréidolie qui m'évoque une vague bue par le sable, une disparition, et mes enfants s'approchent alors de moi, nous formons une chaîne, nous chantons en un dernier moment de grâce, et le vent fraîchit soudainement.

Regardez bien les montagnes violettes, les pensées qui se recroquevillent doucement comme des jupes plissées soleil qui se fermeraient au désir, les dentelles de nuages roses, effilochées, regardez bien les pins qui glissent dans l'ombre, les clochers qui disparaissent dans le vent, les papillons qui s'évanouissent ; regardez tout avant l'amour, car après l'on ne voit plus jamais rien du monde.

Ma mère a peur et elle rejoint sa chambre.

Dans le Jardin romantique, sous les cages suspendues, éclairées maintenant comme des luminaires, sous les regards amusés, goguenards, des statues, Mimi et Jacques et Sophie et Maurice et mes enfants dansent – un petit bal de printemps, sur des chansons de Counting Crows, d'Adèle, d'Anthony & The Johnsons. Je reste auprès d'Olivier. Nous nous tenons par les mains, nous nous regardons et les jolies choses, comme les vilaines, réapparaissent et il dit je suis désolé, et je répète je suis désolée. Les lampions de nuit révèlent son dernier visage, yeux enfoncés, pommettes saillantes, la saillie de son cou comme un petit obus – une injure. La mort aime défigurer la beauté, comme si elle ne supportait pas les regrets. Olivier boit encore, et je bois pour partager son ivresse, sa désolation, je bois pour atteindre ces silences qui parlent, pour descendre avec lui, pour ne pas lui lâcher la main, et encore, parce que nous aimons boire ensemble ; et lorsque le vin coule sur son menton, comme une fuite, parce que son corps n'en peut plus, imprègne le col de sa chemise, qu'il repose son verre et que ses yeux plongent dans les miens, il dit j'ai toujours pensé qu'on faisait des déclarations fracassantes avant de mourir, qu'on laissait un héritage, des mots importants, j'ai dû voir trop de films, Emma, trop d'idioties, ce que je veux te dire, ce qu'il me reste à te dire, c'est que ça me fait chier de crever, ça fait chier de devenir cette merde, je ne tiens plus debout, je suis content que ça s'arrête, et pourtant, je donnerais tout ce que j'ai pour rester encore un peu, pour pouvoir juste marcher, sans avoir mal, toi à mon bras, respirer, bouffer l'air, c'est dur de finir, ça prend tellement de temps. Dis-moi, Emma, tu m'aimais ? Oui.

105

Emma aima.

106

Je viens de comprendre pourquoi ma mère ne m'a jamais appelée Emma.

À cause du passé simple d'aimer.

Elle a toujours préféré Emmanuelle, parce qu'il y a quelque chose de l'ordre de la délation : la finale *elle* ; c'est elle, *elle* qui m'a privée de maternités, *elle* qui a quitté un homme qui l'aimait et leurs trois beaux enfants, *elle* qui s'est offerte à un inconnu, *elle* qui est partie vivre comme une moins que rien, dans un camping, avec une vieille pierreuse, une maquerelle, même, *elle* qui n'a pas eu la patience ni la foi, *elle* qui tournicote maintenant, percluse de remords, autour de son mari en train de mourir, le pauvre homme, *elle*, si ce n'est pas une abomination, une vie comme la sienne.

Mais je peux me tromper. Cela a toujours été compliqué avec *elle*.

Ma mère.

107

Parce que la flambée n'est plus nourrie, nous remontons chacun dans notre chambre.

Olivier a un sommeil très agité. Des petites bulles de sang éclatent à ses lèvres, comme les bulles des poissons à la surface de l'eau, des petits grains de grenade. Il gémit, et sa souffrance me diminue.

Plus tard, je le réveille pour lui faire avaler quatre comprimés de Moscontin. Le myosis lui a dessiné des yeux curieux – un animal traqué. Peau cireuse. Sueurs froides. Agitation. Je reste assise sur le lit, à côté de lui, je caresse son visage. Je n'ai pas de larmes.

Nous sommes devenus des songes.

Je suis une pierre échouée, mais je connais l'invisible profondeur des rivières.

Si quelqu'un me ramasse, il ramasse aussi mon histoire.

S'il dévore mes mots, il me dévore aussi.

Au lendemain de cette longue journée autour d'Olivier, ma mère s'apprête à remonter à Bondues avec les enfants.

Ils rendent visite à leur père avant de partir, il est immobile dans le lit de lady Chatterley, un corps aux contours flous, comme du fraisil ; ils lui disent au revoir, Léa pleure en embrassant ses mains, ils lui disent qu'ils l'aiment, qu'ils sont tristes, qu'ils se reverront, après – et personne n'ose demander après quoi.

Nous prenons un dernier petit déjeuner tous ensemble, une tablée joyeuse, à l'ombre d'un chêne vert. Je me souviens d'Olivier disant aussi aimer la vie à cause de la fraîcheur d'un jus d'oranges pressées, et Manon essuie la larme qui coule sur ma joue et je sais alors que nous nous sommes retrouvées. Puis nous parlons de tout, sauf de lui. Des prochaines vacances d'été. D'un ordinateur cassé à la maison. De Zoo qui doit devenir fou dans sa pension pour chiens.

La vie quoi, dit Léa.

En fin de matinée, Mimi, Jacques, Sophie et Maurice repartent ensemble. Quelques jours à Cavalaire. Les plages d'avril désertes. Les premières baignades en criant, parce que l'eau est encore froide. Les rires de leurs bonheurs nouveaux. Le rosé glacé le soir. Leurs désirs de couples, leurs rêves avec l'autre – dont on espère, cette fois, qu'il sera le dernier.

Jacques a décidé de tout vendre, de s'installer à Cucq, dans le camping de Mimi, pardon madame, dans l'*hôtel de plein air* de Mimi ; il y ouvrira un atelier de gravure sur bois ainsi qu'un cours d'écriture d'aphorismes et, pour les plus prometteurs de ses élèves, un cours de haïkus. Il en a d'ailleurs composé un :

> *Elle me regardait*
> *tandis que les alouettes*
> *noires tombaient du ciel.*

Maurice et Sophie chanteront en duo dans les mariages, ils apprendront les chansons de Bruel et de Matisyahu pour animer des bar-mitsvah – plus rentables –, et il continuera à lui faire l'amour chaque fois deux fois.

Quant à moi, restée seule, de cette chambre où j'attends d'être prête, où j'arrache ce manteau de culpabilité et tente de rassembler un improbable courage, je vois parfois Alexandre, dehors, son corps élégant erre dans les jardins, disparaît de temps à autre derrière une haie, sa bouche de fraise se confond parfois avec les fleurs. Il s'assied souvent sur un banc, croise la jambe avec désinvolture, j'ai alors l'impression qu'il m'attend, et tandis que le kiné s'occupe d'Olivier ou que le diététicien rédige ses menus, je descends le rejoindre, je m'installe à quelques mètres de lui et, sans qu'il me voie, j'observe ses lèvres, son sourire, sa fossette, ses longs cils noirs, ce sortilège, j'imagine les mots qu'il pourrait m'adresser, et chaque fois, je ressens une décharge électrique dans le bas de mon ventre. Mes joues rosissent comme au premier jour et il me semble toujours être nue. Parfois nos regards se croisent, vifs, animaux, et ils ont l'air de jouer, cabrioler, se poser au hasard, comme une balle rebondissante, sur le lobe d'une oreille, l'ourlet d'une narine, mon *bosphore d'Almasy*, sur nos soupirs enfin, et j'ai toujours envie de mordre ce fruit, de boire ce sang, toujours envie d'éclaboussures, de marques et de cicatrices, envie d'embrasser sa bouche, pas lui encore, pas l'homme déjà, juste dévorer ses lèvres, et il sourit, et je sais que je suis une femme désirée.

Tu as raison Alexandre, le présent est immense, et c'est là qu'il faut aller.

108

De mémoire.

À la fin de la pièce de Kleist, Penthésilée sort de la grotte, la bouche, les mains, les bras ensanglantés. La reine des Amazones moque les autres : il y a tant de femmes qui s'accrochent au cou de leurs amants et leur murmurent je t'aime tellement, je t'aime si fort que je te mangerais, et, à peine y songent-elles qu'elles se sentent écœurées ; eh bien moi, je l'ai fait, dit-elle.

L'amour est sans limites.

109

Lorsque Olivier dort, je descends parfois dans le Jardin romantique. J'y déambule.

Mes doigts effleurent les écorces des arbres, les feuilles des troènes et des platanes, ils s'enfoncent dans la terre où poussent les violettes, les grandes campanules bleues, les digitales de pourpre à longs calices ; mes doigts caressent l'air tiède, ils tentent d'attraper les particules d'Alexandre qui, comme les aigrettes d'un pissenlit, volettent autour de moi, autour de nous tous, et qui, avec désenchantement, tracent le monde qui aurait dû être.

110

J'ai veillé tard certaines nuits, vers la fin, pour me souvenir d'un mot précis de lui, une odeur encore, entendre à nouveau certains de ses silences, bavards comme des soupirs.

Et la fatigue a grisé ma peau, éteint mes yeux, appesanti mes pas.

J'aimerais tant rendre grâce à la banalité de nos vies, toucher cette fièvre, saisir l'insaisissable.

J'aurais tant voulu me fracasser, me disloquer en lui, atteindre cette infime frontière entre les choses, ces plaques tectoniques en nous, si sensibles, qui bousculent les sentiments, créent ces microscopiques fêlures, ces routes menant à l'abîme parfois – et d'autres fois, à la félicité.

Ni mes désespérances ni son corps broyé que je porte ne m'ont déroutée.

Je suis restée fidèle.

Je crois toujours au désir fou.

Je crois toujours à ce feu qui immensifie la vie.

111

L'heure sombre est là.

L'heure de la mort-aux-rats, de la chute dans l'escalier.

Celle de la joie et de la honte de n'avoir plus d'espoir.

Celle de cette tempête venue de loin, d'un temps ancien, et qui emporte tout, la morale comme la peine, et qui à l'aube apporte la grâce des paysages clairs, calmes et infinis.

J'ai peur et je suis prête.

Qu'on ne m'empêche pas. Qu'on ne m'évoque pas la béatitude de ceux qui attendent un miracle. Qu'on ne me montre pas du doigt les prieurs.

Je parle d'amour.

Je parle de ce que l'on peut faire par amour et que l'on ignore encore.

112

« Puis ce fut un hurlement dans la montagne :

— Hou ! hou ! »

113

Il m'est arrivé de marcher la nuit dans les rues d'un village, ou d'une ville – bien souvent au hasard de celles du Domaine de la Vigne, à Bondues –, et je me suis toujours fait la réflexion qu'il est étrange, la nuit, de ne jamais entendre les femmes jouir, les hommes grogner, de ne jamais voir les maisons trembler, de ne pas percevoir les rires ou les soupirs après l'amour, de ne pas voir briller aux fenêtres sombres la flamme d'un briquet, le bout rougeoyant d'une cigarette, la porcelaine du visage d'une femme qui rafraîchit ses joues à la froideur d'une vitre.

J'ai donc attendu la nuit parce qu'elle estompe les contours, floute les visages, mate les regards – en elle on disparaît.

Je ne suis pas de celles qui, enfants, avaient peur d'elle. La nuit était un manteau ample et chaud, j'y entendais la voix de mon père, ou celle de ma mère, qui me lisait les déambulations tristes de Lili Bart, l'amour crépusculaire de Consuelo, la jalousie carnassière d'Anne de Guilleroy et la tragédie de la petite chèvre de Daudet ; et, depuis Blanquette, et depuis le loup, et depuis le sang, la nuit est restée pour moi ce qui fait briller les étoiles, trace le chemin menant à l'aube, à la lueur pâle à l'horizon, au chant du coq enroué qui monte d'une métairie, comme la fumée d'un feu humide ; la nuit est devenue pour moi l'espoir de tenir jusqu'au matin, de voir s'envoler les souffrances avant de disparaître.

J'attends le cœur de la nuit.

Ce moment où rôde l'obscurité, où elle s'enroule autour du monde.

Maintenant.

Son corps épuisé affronte un cauchemar. Je pose ma main sur son épaule. Je le secoue doucement, comme je le faisais pour réveiller nos enfants les matins d'hiver, lorsqu'il faisait encore sombre et qu'il fallait malgré tout se lever, boire le lait trop chaud, s'habiller, sortir, marcher à la lueur des torches jusqu'à l'école.

Il grogne.

Je lui dis que je suis désolée, que c'est l'heure des médicaments.

Je lui dis que je l'aime.

Ses yeux restent fermés. Ses lèvres sourient. Il cherche à se déshabiller. Il veut mourir nu.

Et mes doigts dansent – mais d'effroi.

J'enfonce un premier comprimé dans sa bouche. Un deuxième. Un troisième. Une gorgée d'eau. Il déglutit. Puis d'autres comprimés. Dix. Onze. Douze. Tous ceux de la boîte que je suis censée avoir perdue. Je lui dis au revoir. Il les avale tous. Sans grimacer. Sans souffrir.

Son sourire.

Puis sa tête retombe sur le côté, creuse l'oreiller. Il a la beauté qu'on rêvait au dormeur de Rimbaud.

La nuit, dehors, *assoupie et profonde.*

Il n'y a pas de vent. Les criquets ne stridulent plus.

Il règne un silence terrifiant, inhumain, lorsque les braises de son souffle s'apprêtent à s'éteindre.

114

Dans cet effroyable silence, la voix d'Alexandre résonne soudain.

J'entends ses mots qui m'avaient recueillie.

J'entends ce à quoi il croyait, ce à quoi je crois désormais, et qui bouleverse l'idée du bonheur :

— Le présent est la seule certitude, la seule île possible dans le vide.

C'est là que nous devons tous vivre.

Alors je deviens un cri.

115

Je me précipite vers Olivier.

J'ouvre sa bouche. J'enfouis deux doigts dans sa gorge, mais rien ne se passe. Je pousse plus loin mon index et mon majeur. Je hurle son prénom. Vient alors une première convulsion. Une seconde. Et de ses entrailles liquides et chaudes jaillissent les comprimés qui devaient causer une surdose de morphine, selon Haytayan, puis un arrêt respiratoire, et puis la fin.

Il vomit un liquide transparent, et je pense soudain à la naissance de mes enfants, au liquide amniotique, j'ôte mes doigts de sa bouche, et il se vide encore, et comme pour Manon et Louis, et comme pour Léa, cette douleur s'achève dans un cri, un effroi ailé, et mes larmes rouillées se mêlent à mon rire et mon rire à mes premiers mots : tu ne meurs pas, Olivier, tu es là, je suis là, le présent c'est la vie, et tu y es encore, on existe à chaque seconde ; une lumière s'allume dans le couloir, des bruits de pas, rapides, des coups violents sur la porte de ma chambre, une voix paniquée : tout va bien ? Vous voulez qu'on appelle quelqu'un ? Et je hurle, d'une voix de folle, une femme qui refait surface d'une profondeur, au bord de l'asphyxie, je hurle appelez une ambulance, mon mari est vivant, mon mari est vivant !

Sa tête est posée sur mes genoux, je caresse maintenant son front brûlant – tout son corps tremble.

Il est couché, la douleur à nos pieds.

Je lui murmure des mots qui n'ont appartenu qu'à nous.

Je chante bas à son oreille les paroles du *Miserere* de Leonora, « Tu verras qu'aucun amour sur terre ne fut plus fort que le mien [19] ».

Je le laisse lentement remonter au jour.

Je me souviens aussi de ce vers : « C'est trop d'aimer quand on en meurt. »

Je suis reliée à lui, dans cet amour hors de la chair, comme l'ont été Penthésilée, Cio-Cio San, Leonora, Fosca et tant d'autres.

Les pompiers entrent dans la chambre et le ballet commence : des bras forts soulèvent son corps, le couchent et l'attachent à une civière, des mains piquent son bras, y plantent une transfusion, sa bouche est recouverte d'un masque à oxygène, son corps d'une fine couverture isothermique, quelqu'un démêle nos doigts, décolle nos peaux, et Olivier disparaît au cœur de la chorégraphie sombre, une voix douce me demande de répéter ce qu'il s'est passé – les douze gélules de Moscontin, le vin rouge, le vomissement provoqué –, puis la voix, lourde et chaude, dit qu'ils l'emmènent à Draguignan, polyclinique Notre-Dame, qu'ils emportent aussi son dossier médical, que si j'ai une voiture je peux les suivre, mais qu'il n'y a rien d'urgent, madame, rien d'urgent, il va être conduit au service de réanimation, vous ne pourrez pas le voir tout de suite, pas avant demain, en fin de matinée, et la chambre, d'un coup, comme une zone de bataille après une évacuation, est désertée.

116

« Au même moment une trompe sonna bien loin dans la vallée. »

117

Les éclairs du gyrophare. Une stroboscopie fascinante. Les pulsations bleues d'un cœur. La nuit électrique, par intermittence. La sirène étouffée dans le lointain.

L'ambulance qui emporte Olivier s'éloigne à toute vitesse parce qu'il est encore vivant, parce qu'il reste une chance, une infime possibilité de joie – alors, toutes les larmes qu'il m'a demandé de garder pour le jour où j'en aurais vraiment besoin sortent de mes yeux, de ma bouche, des blessures que le couteau à frites a faites à mes mains, comme des tatouages, elles inondent la chambre, noient le tapis, trempent les draps, et je reste longtemps allongée à la surface de cette eau salée, je flotte sans lutter, je m'abandonne, légère enfin, pour la première fois depuis très longtemps.

118

Un mort a sauvé un homme.

119

« Cela dura toute la nuit. De temps en temps la chèvre de M. Seguin regardait les étoiles danser dans le ciel clair. »

120

La nuit est un combat. Une danse de guerre.

L'aube le laisse vivant.

Dans quelques jours, il sera transféré au Centre Antoine-Lacassagne à Nice, ou au CHRU de Lille – à nous de décider.

Puis polychimiothérapie, quatre semaines en aplasie médullaire, transfusions plaquettaires et globulaires, mesures anti-infectieuses, isolement, en espérant qu'il ne soit pas trop tard, que la moelle osseuse ensuite se régénérera, que des quantités normales de globules blancs seront retrouvées.

J'arrive à la polyclinique le lendemain en début d'après-midi, les yeux rougis, éprouvée, enlaidie. Café insane à la machine. Salles d'attente bondées. Magazines des mois passés, en lambeaux – Dieu comme le temps file, et comme on se fiche soudain des gros titres. Je vais le voir tous les quarts d'heure, et je ne vois rien. Juste un entrelacs de tuyaux. Le blanc du drap, comme une neige. La pâleur de son front.

Plus tard dans l'après-midi, je préviens ma mère. Je préviens les enfants. Ma mère – oh Seigneur, mes prières n'auront pas été vaines, merci, c'est une bénédiction ce qui arrive, Emmanuelle, une chance de réparer le mal que tu as fait. Léa sanglote en disant que c'est bien que papa ait changé d'avis, qu'il ait décidé de vivre, et je dis oui, et dans ses hoquets, elle se met à rire et je la rejoins et nos rires sont une allégresse. Manon et Louis veulent sauter dans le premier train, mais je leur dis que c'est inutile, que d'ici quelques jours, nous serons tous à Lille, et Louis me remercie pour ce que j'ai fait sans qu'il sache ce que j'ai vraiment fait, et je vois là le début de nos retrouvailles.

Je n'ai appelé ni Sophie ni Mimi – les imaginer à Cavalaire en train de s'enivrer, de danser, de faire l'amour, m'enchante, et pour rien au monde je ne voudrais jeter une ombre sur leurs émerveillements.

La chambre Juigné a été nettoyée, il ne reste nulle odeur, nulle trace des épouvantes de la nuit passée, et dans les vases, les pensées fanées et délavées ont été remplacées par des tulipes blanches, presque lumineuses.

Mes yeux sont secs, je n'ai plus de larmes et il me semble que je n'en aurai jamais plus. Je reste longtemps allongée sur le lit, je me souviens des huîtres et du vin, le premier jour où le cancer a fait partie de nos vies, je me souviens des cheveux que Léa avait dessinés sur son crâne avec des feutres, de notre chute en scooter, il y a quelques jours seulement, et de son effarement joyeux qui était son ultime cadeau.

Je veux dire que le poids d'un mort m'est passé dans les veines.

Plus tard, la femme de ménage frappe à la porte, non, je n'ai pas besoin de nouvelles serviettes, merci, pas besoin d'eau non plus, ni de savonnettes, et mon chagrin n'est pas encore usé, pas besoin de le changer non plus.

Je veux dire que je cherche le vide parce que le vide me ressemble.

Plus tard, j'enlève la barrette qui retient mes cheveux épais, pour les laisser couler sur mes épaules, je déboutonne cette veste de pyjama et ma peau, pâle, presque translucide par endroits, et mes seins lourds, mes aréoles claires, prennent la couleur spectrale de la lune qui s'insinue à travers les rideaux, je baisse ce jogging pourpre confortable, il tombe sur mes chevilles au ralenti, et mes jambes, dans un mouvement aérien pareil au pas élégant des hérons, le laissent derrière moi, comme un petit corps dépouillé, une couronne sans reine, une éclaboussure de sang, et je suis nue, et fatiguée, et je regarde le bas de mon ventre à nouveau sombre, humide et chaud, comme vous l'aimez, comme vous le dévorez, je m'allonge contre vos corps froids, ces pierres gelées, et je me fonds et m'endors entre vous.

121

« Enfin ! dit la pauvre bête, qui n'attendait plus que le jour pour mourir ; et elle s'allongea par terre dans sa belle fourrure blanche toute tachée de sang…

Alors le loup se jeta sur la petite chèvre et la mangea. »

122

Plus tard, je laisse s'enfuir les derniers chagrins ; j'ouvre la fenêtre de cette chambre Juigné, qui donne sur un parc ensoleillé où la vie revient toujours à l'aube, et je crie, un homme est vivant.

Un homme est vivant, et je l'aimais.

123

De cette fenêtre entrouverte.

Le vent est paisible. Il caresse mes seins, glisse sur mes épaules. Il se perd dans mes cheveux. Mon ventre est froid.

C'est un matin sur la Terre. Parmi mille autres. Ciel dentelé, frises orangées, violettes et jaunes. Le chant d'un coq. Une métairie. De la fumée, comme une tresse qui s'envole et se déploie. Le silence, et quelques petits coups de couteaux dans ce silence, comme un moteur de mobylette, très loin.

Je me réveille, le tonnerre est passé.

Je retourne à la polyclinique à la fin de la matinée.

Mon mari, me dit une infirmière, vient de rentrer d'un nouvel IRM, nouveau PET scan, et son état est stable, ce qui peut, précise-t-elle, et je dis bien peut, signifier *encourageant*.

L'espoir d'une vie tient parfois à un adjectif de douze lettres.

Dans la chambre, Caroline est assise à côté de lui.

124

— C'est votre gifle. J'ai compris que vous l'aimiez et que vous l'aviez perdu, j'ai compris que je l'aimais et que je ne voulais pas le perdre. Manon m'a dit qu'il voulait être sauvé.

Je prends alors dans mes bras cette gamine ravissante, à peine plus âgée que ma fille aînée, ce tourbillon, et je lui murmure ton prénom, Alexandre, je lui dis que c'est toi qui l'as sauvé, toi qui m'as déserté.

125

Lille, où les mois passent. Où même l'été arrive.

Olivier est rentré à la maison – son sang raconte une meilleure histoire.

Quand le temps est doux, Caroline l'installe parfois sous notre vieux pommier, dans l'ombre de ses aimables branches basses, elle regarde les joueurs de golf au loin comme on contemple l'avenir – alors elle se serre contre lui et frissonne en découvrant, bouleversée, la grâce et l'éternité du présent.

J'ai repris l'appartement de Sophie où mes enfants me rejoignent parfois le midi ou le soir, le temps d'un repas, d'un câlin, d'une histoire. Un cinéma le samedi, ou des courses, le plaisir précieux d'être ensemble, apaisés. Je les ramène à Bondues, je passe un peu de temps avec Olivier – Caroline a la délicatesse de nous laisser seuls –, et c'est dans le silence que nous nous retrouvons le mieux désormais, là où il n'y a nulle question à poser puisque nous connaissons tous deux les réponses.

Un après-midi, tandis que je m'apprête à partir, Olivier m'offre un dernier merci, comme on demande un pardon – mais contrairement à mon père, il dit pourquoi.

— Pour n'avoir pas tenu notre promesse.

Celle-là, de nos vingt ans, qui précisait que si l'un de nous devait finir en un corps inhumain, l'autre devait le pousser sous un camion, le jeter du haut d'un escalier – le plus facile pour lui.

Alors la route qui nous a séparés puis réunis de nouveau s'achève.

126

Je peux le confesser maintenant. J'ai bien souvent voulu refermer mes bras, comme un oiseau ses ailes, et me laisser tomber, m'écraser au sol, me taire dans un bruit mat.

Mais je n'aurais pas dansé dans le vent. Je n'aurais pas été le sang d'un homme.

127

La dernière scène.

Nous nous retrouvons tous, fin juin, à l'*hôtel de plein air* de Mimi – pour fêter la beauté de la vie, a-t-elle décrété.

L'entrée du camping Pomme de Pin, fermé aux clients pour deux jours, est décorée de plaques de chêne, d'érable ou de bouleau, clouées dans les arbres, collées à la porte de l'épicerie, de la friterie, des douches, sur lesquelles le poète a gravé des maximes inoubliables : *L'Amour est un chant et je n'ai plus de voix, L'espoir est plus puissant qu'une bombe atomique, Ton amour me tue et je suis en vie, Debout ! La vie a commencé !*

M. Boghossian, que l'arrivée de Jacques dans la vie de Mimi et au camping a attristé, est resté stoïque – tu sais petite Emma, je le savais, j'ai lu un jour le marc du café que je lui avais préparé dans le *gezvé*, et qu'elle a bu, j'ai remué le résidu comme mon père m'avait appris à le faire, j'ai retourné la tasse, à droite de l'anse c'est le futur, et dans les figures du marc, j'ai vu des mains d'homme qui n'étaient pas les miennes, alors j'ai compris, j'étais *derdoum*, *derdoum*, triste,

triste, mais je n'ai rien dit, j'ai eu ma part de bonheur, avec elle, mes volcans.

Il a dressé une longue table de banquet, composée d'une dizaine de tables pliantes, recouvertes de deux grands draps, de vaisselle dépareillée, oubliée par les vacanciers au fil des saisons, et deux sérieux tonnelets de vin, grande réserve rouge et rosé du Château Saint-Martin, on n'est pas des sauvages quand même. À l'autre bout de la table, à côté de Mimi, est assis un homme d'une quarantaine d'années, un joli visage, les traits réguliers, les yeux très clairs, il porte un pull couleur potiron, je regarde Mimi, fascinée, je n'ose y croire, elle m'adresse un sourire et hoche doucement la tête, j'ai envie de crier ma joie, mais son index se pose sur ses lèvres, et je comprends que c'est encore leur secret.

Repas de pique-nique, efficace, rassasiant : saucissons, pâtés, fromages, mais ne restez pas couillons, dit quelqu'un, il y a le chèvre qui coule !, crudités à tremper dans des sauces au choix, fromage blanc/curry, mayonnaise/ciboulette, yaourt/cumin, mais putain, que quelqu'un me tue ces guêpes !, pain de campagne pour les hommes, chips aux couleurs délicates pour les dames, farandole de desserts, alcools blancs avec le café arménien, vous ne trouvez pas qu'on dirait du goudron ? Maurice demande du cognac, voire un très vieil armagnac, et mes fesses aussi ?, réplique l'hôtesse dans un grand éclat de rire, moi, je veux bien, murmure Jacques. Olivier est heureux, et même s'il n'a toujours pas retrouvé son poids d'avant la guerre, même si son beau visage est encore creusé et pâle, il rit avec Jacques, ils écrivent quelques apophtegmes avinés, Louis s'est joint à eux et leur suggère des mots plus jeunes, des expressions plus branchées, sinon tu les vendras jamais tes bouts de bois, Jacquot, tu m'appelles Jacquot maintenant ? ; Caroline veille sur Olivier avec ses yeux ravissants et son cœur de biche, elle l'embrasse dans le cou parfois, caresse sa main, pose la sienne sur sa jambe et chaque fois, mon mari sourit, apaisé, amoureux. Plus tard, Maurice propose de chanter l'une des toutes dernières chansons d'Eddy Mitchell, « Quelque chose a changé », on proteste, comme des soulards dans un bistrot un soir de foot, Manon se lève en riant, c'est toi qui devrais changer, Maurice, change de cheveux ! l'interrompt Louis, il est très beau comme ça ! crie Sophie, essaie plutôt Pharrell Williams, poursuit ma fille, et, à la surprise générale, Maurice entonne « Happy », *« Happy, Happy / Bring me down / Can't nothing*[20] », il y a un moment de grâce, Sophie gigote sur sa chaise comme un enfant qui a besoin d'aller aux toilettes, mais bien trop excité par ce qui se passe pour y aller, oh, monhomme merveilleux, merveilleux, susurre-t-elle, les lèvres humides, je t'adore, tu les as cassés, puis d'autres rires, des sifflets, des verres qui trinquent, et Manon, *touchée*, lui envoie un baiser du bout des doigts ; M. Boghossian, très ému, les sclères déjà roses comme le vin, demande à Léa si elle veut bien l'épouser lorsqu'elle sera grande, il lui promet de lui faire découvrir l'Aragats et le Porak, deux magnifiques volcans de son pays, de lui faire déguster le *beurek* et le *khashlama*, boire du *dough*, du *Tariri*, et Léa rit de tout l'éclat de sa belle enfance, mais quand je serai grande tu seras peut-être mort !, alors M. Boghossian hausse les épaules, un peu désabusé, tu as sans doute raison petite Léa, *tver, tver*, *les chiffres, les chiffres*, aïe, je ne sais pas très bien compter en fait, et il se ressert, les mains tremblantes, un plein verre de rosé au tonnelet, et je vois, et il me semble être la seule à le voir, je vois ses yeux s'embuer, les cendres des volcans de son pays assombrir sa peau, je vois son visage se froisser tandis qu'il s'éloigne d'un pas lourd et incertain vers sa caravane. On boit encore, parce que le vin allège le poids des vies et laisse les mots s'envoler, imprécis et beaux, comme des lâchers de ballons. Sophie est ivre et somnole un long moment dans les bras de *son-homme* à qui les mélanges d'alcool ont dessiné et figé un visage hébété, une sorte de double mou, cireux, curieux, comme les visages approximatifs du musée Grévin. L'homme au pull potiron chuchote à l'oreille de Mimi, elle lui caresse les joues, lui essuie parfois les yeux. Qu'elle est belle la joie qui s'éveille dans un visage.

L'hébétude gagne. La somnolence s'est abattue. Quelques guêpes tournent autour des restes de saucisson. Un papillon est posé sur le bord de mon verre et Léa tend ses doigts, millimètre après millimètre, mais il s'échappe, deux ailes bleues, brillantes, ourlées de jaune. Maurice ronfle, bouche ouverte, en plein soleil. Un film de Renoir.

Puis, vers seize heures, Mimi se redresse si vivement, comme mordue par un serpent, que sa chaise et Jacques tombent dans le sable ; on s'étonne, amusés, Maurice sursaute, quoi ? c'est qui ?, elle frappe dans ses mains, annonce le programme : après ce festin, Emma nous emmène à l'opéra, direction la plage, allez, allez, on se réveille ! Mes enfants applaudissent, Olivier me sourit, un sourire d'avant tout ça, Caroline prend son bras, avec une belle délicatesse, comme pour un pas de deux, Mimi marche entre ses deux hommes désormais, la cigarette aux lèvres, et toute la bande s'ébranle, cortège joyeux, titubant, nous partons vers la plus grande salle d'opéra du monde, où M. Boghossian, les yeux tout à fait rouges maintenant, inquiétants, nous attend, chaises et matelas installés sur le sable, enceintes prêtes, et quelques parasols aux couleurs d'anisette qui font mentir tous ceux qui prétendent qu'ici il ne fait jamais beau longtemps, et rabâchent que le Touquet est la sixième ville la plus pluvieuse de France.

La Traviata.

Paris, 1850. Un jeune homme de bonne famille tombe amoureux d'une courtisane. Le père du jeune homme la convainc de rompre. Mais les sentiments, eux, ne rompent pas. Lorsque l'amoureux retourne auprès de sa belle, il est trop tard, la tuberculose l'a ravagée, elle meurt dans ses bras, non sans avoir laissé sa voix s'élever vers le ciel pour chanter sa misère et sa joie.

Son ultime adieu est ce mot : « *Gioia !* »

La joie – c'est tout ce qu'il reste, parfois.

Arrivés sur la digue, Jacques et Maurice soulèvent le fauteuil roulant d'Olivier qui, très amusé, se met à saluer les gens autour de lui, à la manière d'un monarque, coude plié, mouvement économe du poignet, ils le portent ainsi jusqu'au bord de l'eau, Caroline sautille de joie, ses vingt ans embellissent le monde ; et puis chacun s'installe confortablement, Mimi embrasse la joue de M. Boghossian, elle ajoute merci Vahé, merci pour tout, et j'entends son prénom pour la première fois, Vahé, qui signifie *homme sombre*, c'est un adieu, il le sait, ils le savent tous les deux, il dit qu'il est *yerjanik* pour elle, heureux, et il pique un fard comme les timides des dessins animés de notre enfance, avant de s'éloigner d'un pas incertain, puis de s'effondrer dans le sable, la tête la première, et nous rions tous, d'un rire tendre empreint d'une indicible humanité ; puis je résume l'argument de *La Traviata* en quelques mots ; des personnes s'approchent en demandant si elles peuvent, elles aussi, rester là et écouter cette passion triste, cette chair amarante, et très vite, nous sommes une quarantaine sur la plage, regroupés autour d'un opéra lumineux et sombre à la fois, une histoire de rédemption par l'amour et par la fatalité, une histoire de femme perdue, si romanesque ; une femme qui porte toute la douleur du monde, et dont la nudité du chant et l'agonie sont d'une obsédante beauté et possèdent l'éclat du pardon.

Ce don si rare.

Et soudain, il semble que du grondement de la mer et du souffle léger du vent, les notes des violons, des violoncelles, surgissent en un bouquet d'une élégance unique, presque grave, un silence absolu règne entre nous tous, les corps donnent l'impression de se rapprocher les uns des autres pour n'être pas seuls dans cette émotion, puis la musique change, évoluant en un air de valse, un instant plus léger, plus joyeux, avant le court final délicat, un nuage qui viendrait se poser au sol, avant l'arrivée des instruments à vent qui annoncent celle du chœur, sa puissance enfin, presque menaçante, puis la voix de soprano de Violetta, la femme perdue, la femme broyée, alors je me lève, je passe près d'Olivier dont la main frôle clandestinement la mienne, je marche vers la mer, puis je m'éloigne, mes pas s'enfoncent doucement dans la chaleur du sable, mon esprit s'envole, comme les notes de Verdi, et soudain, mes enfants sont là, à côté de moi, nous marchons ensemble, les pieds dans l'eau moussue, à la lisière du monde, nous avançons tous les quatre, vers le nord ; par jeu, Louis éclabousse un instant ses sœurs qui hurlent, Manon le menace de poster sur Facebook qu'il a fait pipi au lit jusqu'à l'âge de six ans, sucé son pouce jusqu'à onze, etc., ils se calment ; au loin, Violetta chante « Flora, mes amis, que la fin de la nuit soit remplie de gaieté car vous êtes ici[21] », je connais sa douleur à venir, elle résonne et coule en moi, elle est sœur de ma peine, je frissonne ; et Léa commence : Il était comment Alexandre ? Puis Louis continue : Tu lui as parlé de nous ? Puis Manon : Il aurait aimé nous rencontrer ? Puis à nouveau Léa : Il aimait nos prénoms ? Puis tous ensemble : Tu crois qu'il nous aurait aimés, pas comme papa, je veux dire, mais aimés ? Il était beau ? Il t'a embrassée ? Il sentait bon ? C'est pour lui que tu avais coupé tes cheveux ? Il était triste papa quand tu es partie. Il disait que tu étais plus belle avec Alexandre. Vous auriez eu des enfants ensemble ? Est-ce que j'aurais pu venir vivre avec vous ? Vous aviez déjà choisi une maison ? C'était quoi son métier ? Tu es allée où quand il est mort ? Tu vas faire quoi maintenant ? Il te manque ? Je ris, je m'étouffe, mais je ne pleure pas, je ne pleure plus désormais, et, suffocante, je cours dans l'eau, vers l'horizon, ma jupe est rapidement gorgée d'eau, son poids me fait tomber, m'entraîne vers le fond, mais je résiste et commence à nager, mes enfants me rejoignent vite dans la mer en criant, ravis de se baigner tout habillés, et notre brasse nous ramène vers nos amis, là-bas, qui chantent maintenant « Buvons joyeusement dans ce verre resplendissant de beauté[22] », nos amis qui chantent la joie de vivre, avant le chagrin de Violetta, et, la bouche par instants inondée d'eau salée à cause de ma nage grossière, je dis à Manon, à Louis, à Léa, je dis qu'Alexandre a été ma vie, même brève, même quasiment inexistante, je dis qu'il a été ma joie, mes frissons, mes impudeurs et mes peurs, qu'il a agrandi ma vie, je dis qu'il était beau, et même plus, et que je me suis évanouie lorsqu'il est mort, et que je me suis perdue, je dis que je l'aime toujours, qu'il me manque toujours, et que je ne crois pas que j'en guérirai, mais que cette mélancolie est belle, qu'elle est le souvenir de lui, et surtout sa présence, je dis que je vis dans sa présence, qu'elle me comble, et qu'elle est ma joie d'être passée, que je suis heureuse, et Léa, la première, dit qu'elle m'aime, et puis Louis, et puis Manon, me disent qu'ils m'aiment, et nous arrivons sur le sable.

Ce qui s'est passé ensuite, ce que je suis devenue, où je suis allée, pour qui mes bras se sont ouverts ou fermés, pour qui j'ai pleuré et chanté, pour qui ma peau a eu froid, pour quoi mes battements se sont emballés, ce vers quoi j'ai marché, quelle route j'ai choisie, quels abîmes, quels parfums j'ai déposés au creux de mon cou, au cœur de mon *bosphore d'Almasy*, cela n'a pas beaucoup d'importance.

Tout ce qui en avait pour moi est là.

La femme qu'Alexandre a découverte et que j'ai livrée sans fard et sans mensonge, celle-là que j'ai appris à aimer, malgré sa fuite, sa honte sourde, malgré sa lâcheté de rainette, cette femme qu'il a découverte en moi est belle.

Elle est toutes les femmes, puisqu'elle est la tentation même, et son impossibilité.

Je suis le chagrin et la beauté du chagrin.

Alexandre est l'ébouriffant désir de ma vie. Un désir si pur qu'il devait être aussi tous les pardons. Mais Alexandre n'est pas venu dans ma vie. Il l'a juste frôlée, il en a brûlé les contours, il a mis le feu dans mon ventre large où il ne dort pas, et que nul n'éteindra plus, je le sais aujourd'hui.

— Vous me ferez danser ?

— Oui.

— Tourbillonner ?
— Oui.
— Jusqu'au vertige ?
— Oui.
— Vous me rattraperez ?

Tout ce que j'aimais est là – ma chair, mes péchés, mes joies, mes enfants, et même Olivier et nos dernières semaines ensemble, qui m'auront appris que l'amour est sans limites, que je suis fille de Penthésilée et de Cio-Cio San, et que la lame des couteaux peut aussi ouvrir des chemins.

*

Ceux qui nous aiment nous quittent, mais d'autres arrivent.

La Chèvre de Monsieur Seguin

PAR ALPHONSE DAUDET

(1866)

À M. Pierre Gringoire, poète lyrique à Paris.

Tu seras bien toujours le même, mon pauvre Gringoire !

Comment ! on t'offre une place de chroniqueur dans un bon journal de Paris, et tu as l'aplomb de refuser… Mais regarde-toi, malheureux garçon ! Regarde ce pourpoint troué, ces chausses en déroute, cette face maigre qui crie la faim. Voilà pourtant où t'a conduit la passion des belles rimes ! Voilà ce que t'ont valu dix ans de loyaux services dans les pages du sire Apollo… Est-ce que tu n'as pas honte, à la fin ?

Fais-toi donc chroniqueur, imbécile ! Fais-toi chroniqueur ! Tu gagneras de beaux écus à la rose, tu auras ton couvert chez Brébant, et tu pourras te montrer les jours de première avec une plume neuve à ta barrette…

Non ? Tu ne veux pas ?… Tu prétends rester libre à ta guise jusqu'au bout… Eh bien, écoute un peu l'histoire de la chèvre de M. Seguin. Tu verras ce que l'on gagne à vouloir vivre libre.

M. Seguin n'avait jamais eu de bonheur avec ses chèvres.

Il les perdait toutes de la même façon : un beau matin, elles cassaient leur corde, s'en allaient dans la montagne, et là-haut le loup les mangeait. Ni les caresses de leur maître, ni la peur du loup, rien ne les retenait. C'était, paraît-il, des chèvres indépendantes, voulant à tout prix le grand air et la liberté.

Le brave M. Seguin, qui ne comprenait rien au caractère de ses bêtes, était consterné. Il disait :

— C'est fini ; les chèvres s'ennuient chez moi, je n'en garderai pas une.

Cependant, il ne se découragea pas, et, après avoir perdu six chèvres de la même manière, il en acheta une septième ; seulement, cette fois, il eut soin de la prendre toute jeune, pour qu'elle s'habituât à demeurer chez lui.

Ah ! Gringoire, qu'elle était jolie la petite chèvre de M. Seguin ! qu'elle était jolie avec ses yeux doux, sa barbiche de sous-officier, ses sabots noirs et luisants, ses cornes zébrées et ses longs poils blancs qui lui faisaient une houppelande ! C'était presque aussi charmant que le cabri d'Esméralda, tu te rappelles, Gringoire ? – et puis, docile, caressante, se laissant traire sans bouger, sans mettre son pied dans l'écuelle. Un amour de petite chèvre…

M. Seguin avait derrière sa maison un clos entouré d'aubépines. C'est là qu'il mit la nouvelle pensionnaire.

Il l'attacha à un pieu, au plus bel endroit du pré, en ayant soin de lui laisser beaucoup de corde, et de temps en temps, il venait voir si elle était bien. La chèvre se trouvait très heureuse et broutait l'herbe de si bon cœur que M. Seguin était ravi. — Enfin, pensait le pauvre homme, en voilà une qui ne s'ennuiera pas chez moi !

M. Seguin se trompait, sa chèvre s'ennuya.

Un jour, elle se dit en regardant la montagne :

— Comme on doit être bien là-haut ! Quel plaisir de gambader dans la bruyère, sans cette maudite longe qui vous écorche le cou !... C'est bon pour l'âne ou pour le bœuf de brouter dans un clos !... Les chèvres, il leur faut du large.

À partir de ce moment, l'herbe du clos lui parut fade. L'ennui lui vint. Elle maigrit, son lait se fit rare. C'était pitié de la voir tirer tout le jour sur sa longe, la tête tournée du côté de la montagne, la narine ouverte, en faisant Mê !... tristement.

M. Seguin s'apercevait bien que sa chèvre avait quelque chose, mais il ne savait pas ce que c'était... Un matin, comme il achevait de la traire, la chèvre se retourna et lui dit dans son patois :

— Écoutez, monsieur Seguin, je me languis chez vous, laissez-moi aller dans la montagne.

— Ah ! mon Dieu !... Elle aussi ! cria M. Seguin stupéfait, et du coup il laissa tomber son écuelle ; puis, s'asseyant dans l'herbe à côté de sa chèvre :

— Comment, Blanquette, tu veux me quitter !

Et Blanquette répondit :

— Oui, monsieur Seguin.

— Est-ce que l'herbe te manque ici ?

— Oh ! non ! monsieur Seguin.

— Tu es peut-être attachée de trop court, veux-tu que j'allonge la corde ?

— Ce n'est pas la peine, monsieur Seguin.

— Alors, qu'est-ce qu'il te faut ? qu'est-ce que tu veux ?

— Je veux aller dans la montagne, monsieur Seguin.

— Mais, malheureuse, tu ne sais pas qu'il y a le loup dans la montagne... Que feras-tu quand il viendra ?...

— Je lui donnerai des coups de cornes, monsieur Seguin.

— Le loup se moque bien de tes cornes. Il m'a mangé des biques autrement encornées que toi… Tu sais bien, la pauvre vieille Renaude qui était ici l'an dernier ? une maîtresse chèvre, forte et méchante comme un bouc. Elle s'est battue avec le loup toute la nuit… puis, le matin, le loup l'a mangée.

— Pécaïre ! Pauvre Renaude !… Ça ne fait rien, monsieur Seguin, laissez-moi aller dans la montagne.

— Bonté divine !… dit M. Seguin ; mais qu'est-ce qu'on leur fait donc à mes chèvres ? Encore une que le loup va me manger… Eh bien, non… je te sauverai malgré toi, coquine ! et de peur que tu ne rompes ta corde, je vais t'enfermer dans l'étable et tu y resteras toujours.

Là-dessus, M. Seguin emporta la chèvre dans une étable toute noire, dont il ferma la porte à double tour.

Malheureusement, il avait oublié la fenêtre et à peine eut-il le dos tourné, que la petite s'en alla… Tu ris, Gringoire ? Parbleu ! je crois bien ; tu es du parti des chèvres, toi, contre ce bon M. Seguin… Nous allons voir si tu riras tout à l'heure. Quand la chèvre blanche arriva dans la montagne, ce fut un ravissement général. Jamais les vieux sapins n'avaient rien vu d'aussi joli. On la reçut comme une petite reine. Les châtaigniers se baissaient jusqu'à terre pour la caresser du bout de leurs branches. Les genêts d'or s'ouvraient sur son passage, et sentaient bon tant qu'ils pouvaient. Toute la montagne lui fit fête.

Tu penses, Gringoire, si notre chèvre était heureuse !

Plus de corde, plus de pieu… rien qui l'empêchât de gambader, de brouter à sa guise… C'est là qu'il y en avait de l'herbe ! jusque par-dessus les cornes, mon cher !…

Et quelle herbe ! Savoureuse, fine, dentelée, faite de mille plantes… C'était bien autre chose que le gazon du clos. Et les fleurs donc !… De grandes campanules bleues, des digitales de pourpre à longs calices, toute une forêt de fleurs sauvages débordant de sucs capiteux !…

La chèvre blanche, à moitié soûle, se vautrait là-dedans les jambes en l'air et roulait le long des talus, pêle-mêle avec les feuilles tombées et les châtaignes… Puis, tout à coup elle se redressait d'un bond sur ses pattes. Hop ! la voilà partie, la tête en avant, à travers les maquis et les buissières, tantôt sur un pic, tantôt au fond d'un ravin, là-haut, en bas, partout… On aurait dit qu'il y avait dix chèvres de M. Seguin dans la montagne.

C'est qu'elle n'avait peur de rien la Blanquette.

Elle franchissait d'un saut de grands torrents qui l'éclaboussaient au passage de poussière humide et d'écume.

Alors, toute ruisselante, elle allait s'étendre sur quelque roche plate et se faisait sécher par le soleil… Une fois, s'avançant au bord d'un plateau, une fleur de cytise aux dents, elle aperçut en bas, tout en bas dans la plaine, la maison de M. Seguin avec le clos derrière. Cela la fit rire aux larmes.

— Que c'est petit ! dit-elle ; comment ai-je pu tenir là-dedans ?

Pauvrette ! de se voir si haut perchée, elle se croyait au moins aussi grande que le monde…

En somme, ce fut une bonne journée pour la chèvre de M. Seguin. Vers le milieu du jour, en courant de droite et de gauche, elle tomba dans une troupe de chamois en train de croquer une lambrusque à belles dents. Notre petite coureuse en robe blanche fit sensation. On lui donna la meilleure place à la lambrusque, et tous ces messieurs furent très galants… Il paraît même, – ceci doit rester entre nous, Gringoire, – qu'un jeune chamois à pelage noir, eut la bonne fortune de plaire à Blanquette. Les deux amoureux s'égarèrent parmi le bois une heure ou deux, et si tu veux savoir ce qu'ils se dirent, va le demander aux sources bavardes qui courent invisibles dans la mousse.

Tout à coup le vent fraîchit. La montagne devint violette ; c'était le soir.

— Déjà ! dit la petite chèvre ; et elle s'arrêta fort étonnée.

En bas, les champs étaient noyés de brume. Le clos de M. Seguin disparaissait dans le brouillard, et de la maisonnette on ne voyait plus que le toit avec un peu de fumée. Elle écouta les clochettes d'un troupeau qu'on ramenait, et se sentit l'âme toute triste... Un gerfaut, qui rentrait, la frôla de ses ailes en passant. Elle tressaillit... Puis ce fut un hurlement dans la montagne :

— Hou ! hou !

Elle pensa au loup ; de tout le jour la folle n'y avait pas pensé... Au même moment une trompe sonna bien loin dans la vallée. C'était ce bon M. Seguin qui tentait un dernier effort.

— Hou ! hou !... faisait le loup.

— Reviens ! reviens !... criait la trompe.

Blanquette eut envie de revenir ; mais en se rappelant le pieu, la corde, la haie du clos, elle pensa que maintenant elle ne pouvait plus se faire à cette vie, et qu'il valait mieux rester. La trompe ne sonnait plus...

La chèvre entendit derrière elle un bruit de feuilles.

Elle se retourna et vit dans l'ombre deux oreilles courtes, toutes droites, avec deux yeux qui reluisaient...

C'était le loup.

Énorme, immobile, assis sur son train de derrière, il était là regardant la petite chèvre blanche et la dégustant par avance. Comme il savait bien qu'il la mangerait, le loup ne se pressait pas ; seulement, quand elle se retourna, il se mit à rire méchamment.

— Ah ! ha ! la petite chèvre de M. Seguin ! et il passa sa grosse langue rouge sur ses babines d'amadou.

Blanquette se sentit perdue… Un moment, en se rappelant l'histoire de la vieille Renaude, qui s'était battue toute la nuit pour être mangée le matin, elle se dit qu'il vaudrait peut-être mieux se laisser manger tout de suite ; puis, s'étant ravisée, elle tomba en garde, la tête basse et la corne en avant, comme une brave chèvre de M. Seguin qu'elle était… Non pas qu'elle eût l'espoir de tuer le loup, les chèvres ne tuent pas le loup, – mais seulement pour voir si elle pourrait tenir aussi longtemps que la Renaude…

Alors le monstre s'avança, et les petites cornes entrèrent en danse.

Ah ! la brave chevrette, comme elle y allait de bon cœur ! Plus de dix fois, je ne mens pas, Gringoire, elle força le loup à reculer pour reprendre haleine. Pendant ces trêves d'une minute, la gourmande cueillait en hâte encore un brin de sa chère herbe ; puis elle retournait au combat, la bouche pleine… Cela dura toute la nuit. De temps en temps la chèvre de M. Seguin regardait les étoiles danser dans le ciel clair et elle se disait :

— Oh ! pourvu que je tienne jusqu'à l'aube…

L'une après l'autre, les étoiles s'éteignirent. Blanquette redoubla de coups de cornes, le loup de coups de dents…

Une lueur pâle parut dans l'horizon… Le chant du coq enroué monta d'une métairie.

— Enfin ! dit la pauvre bête, qui n'attendait plus que le jour pour mourir ; et elle s'allongea par terre dans sa belle fourrure blanche toute tachée de sang…

Alors le loup se jeta sur la petite chèvre et la mangea.

Adieu, Gringoire ! l'histoire que tu as entendue n'est pas un conte de mon invention. Si jamais tu viens en Provence, nos ménagers te parleront souvent de *la cabro de moussu Séguin, que se battégue tonto la neui erré lou loup, e piei lou matin lou loup la mangé.*

Tu m'entends bien, Gringoire : *e piei lou matin lou loup la mangé.*

NOTES

1. « *No, no, che'io non apprezzo / che te, mio dolce amor / tu sei tutt'il mio vezzo / di tutt'è il mio cor.* »

2. Serge Lama, « L'Esclave », paroles et musique de Serge Lama, Universal Distribution – IMS – Mercury – Universal, 1974.

3. Définition donnée par cnrtl.fr.

4. *Madame Butterfly*, de Giacomo Puccini, livret de Guiseppe Giacosa et Luigi Illica.

5. Dans *César et Rosalie*, film de Claude Sautet (1972), scénario Jean-Loup Dabadie.

6. Marguerite Yourcenar, *L'Œuvre au noir*, Gallimard, 1968.

7. Eddy Mitchell, « Rio Grande », paroles et musique de Claude Moine et Pierre Papadiamandis, Polydor, 1993.

8. « *Quanto è bella ! Più la vedo, e più mi piace.* »

9. « *Son galante, son sergente ; non v'ha bella che resista alla vista d'un cimiero.* »

10. « *Si può morir, di più non chiedo.* »

11. Selon la Faculté de médecine de Tours.

12. Jacques Brel, « J'arrive », paroles de Jacques Brel, musique de Gérard Jouannest, Barclay, 1968.

13. « *Oggi il mio nome è Dolore. Però, dite al babbo, scrivendogli, che il giorno del suo ritorno Gioa, Gioa mi chiamerò* » (*Madame Butterfly*, acte II).

14. « *Prega per chi sotto l'oltraggio piega, / La fronte e sotto la malvagia sorte ; / Per noi, per noi tu prega, prega, / Sempre e nell'ora della morte nostra, / Prega per noi, prega per noi, prega.* »

15. Colette, *La Naissance du jour*, Ferenzi et Fils éditeurs.

16. Anna de Noailles, « Déchirement », *Revue des Deux Mondes*, t. V, 1903.

17. Eddy Mitchell, « Pas de boogie-woogie », paroles de Claude Moine, musique de Layng Jr. Martine, Barclay, 1976.

18. Jacques Brel, « Le Moribond », Philips, 1961.

19. « *Tu vedrai che amore in terra / Mai del mio no fu più forte* » (*Le Trouvère*, opéra en quatre actes de Verdi ; livret de Salvatore Cammarano et Emmanuele Barfdare).

20. Pharrell Williams, « Happy », Black Lot/ Comumia/ Sony, 2013.

21. « *Flora, amici, la notte che resta d'altre gioie qui fata brillar.* »

22. « *Libiamo, ne' lieti calici che la bellezza infiora.* »

REMERCIEMENTS

À Karina Hocine, tout d'abord et toujours.

À Charlotte Von Essen, qui embellit tant de choses dans un texte.

À Véronique Cardi, Audrey Petit, Florence Mas, Anne Bouissy-Volcouve, et toute la prodigieuse et infatigable équipe du Livre de Poche.

À Alphonse Daudet, pour avoir eu l'élégance de naître à une époque où l'on écrivait de longues lettres.

Aux docteur Hagop Haytayan et Philippe Thomazeau, au professeur Jean-Denis Rain, pour leur amour de la vie.

À Lee Godden, Mike Dowdall, et Morgan Pignard, pour l'opéra.

À Michel Chirinian. *Shnorhagal em, Michel.*

À mes quatre petits, si grands déjà.

À Dana, enfin, mon abîme.

Du même auteur
aux éditions Lattès :

L'ÉCRIVAIN DE LA FAMILLE, 2011.
LA LISTE DE MES ENVIES, 2012.
LA PREMIÈRE CHOSE QU'ON REGARDE, 2013.
ON NE VOYAIT QUE LE BONHEUR, 2014.
LES QUATRE SAISONS DE L'ÉTÉ, 2015.

Le Livre de Poche s'engage pour l'environnement en réduisant l'empreinte carbone de ses livres.
Celle de cet exemplaire est de :
250 g éq. CO_2
Rendez-vous sur
www.livredepoche-durable.fr

Composition réalisée par PCA

Imprimé en France par CPI
en novembre 2017
N° d'impression : 3025493
Dépôt légal 1re publication : janvier 2018
LIBRAIRIE GÉNÉRALE FRANÇAISE
21, rue du Montparnasse - 75298 Paris Cedex 06

61/6406/6